# Le Royaume des Loups

## Faolan le solitaire

Les Confins

LE
PAR-DELÀ

Grotte
des Origines

Territoire
MacDoneg

Forêt de Givre

Tanière d'hiver de
Cœur-de-Tonnerre et de Faolan

Tanière d'
Cœur-de-Tonnerr

Lacs Salés

N

OCÉAN
D'IMMENSITÉ

ROYAUMES
HOOLIENS

Territoire
MacHeath

Territoire
MacDuncan

Territoire
MacAngus

Lieu où Faolan
a été trouvé

Cercle des
Volcans Sacrés

Grotte
de la Sark

Territoire
MacDuff

e Faolan

Forge de Gwynneth

Territoire
MacNab

Lacs Salés

Forêt des
Ombres

Kathryn Lasky

# Le Royaume des Loups

## Faolan le solitaire

Traduit de l'anglais (États-Unis)
par Cécile Moran

POCKET JEUNESSE
PKJ·

# L'auteur

**Kathryn Lasky** a écrit de nombreux ouvrages, dont la série best-seller *Les Gardiens de Ga'Hoole*. Elle a reçu comme prix le National Jewish Book Award, le ALA Best Book for Young Adults, le Horn Book Award délivré par le *Boston Globe* et le Children's Book Guild Award du *Washington Post*. Fruit d'une collaboration avec son mari, *Sugaring Time*, un essai, a été récompensé d'un Newbery Honor.

Kathryn Lasky et son mari vivent à Cambridge, dans le Massachusetts.

Titre original
WOLVES OF THE BEYOND
1. *Lone Wolf*

Publié pour la première fois en 2010, par Scholastic Inc., New York. Contribution : Kidi Bebey.

Loi n° 49956 du 16 juillet 1949 sur les publications destinées à la jeunesse : février 2019.

© 2011, 2019, éditions Pocket Jeunesse,
département d'Univers Poche,
pour la traduction française et la présente édition.

ISBN 978-2-266-29389-1
Dépôt légal : février 2019

*« Dans la langue des loups, le mot "hoole"
désigne une chouette. Voyez-vous, mon cher,
c'est l'esprit d'un hoole que j'ai suivi lorsque j'ai
guidé mon clan jusqu'ici, après avoir fui notre
terre prisonnière des glaces. »*

Extrait du premier livre des légendes hooliennes

# PREMIÈRE PARTIE
## LE PAR-DELÀ

# LOIN DU CLAN

Morag, la louve, était partie en quête d'une tanière isolée avant même de ressentir la première contraction dans son ventre. Elle savait au fond d'elle que cette naissance serait différente des autres. Elle voyageait depuis des jours à présent et l'heure de mettre bas approchait. Il lui fallait un endroit bien caché et couvert. Malgré l'arrivée du printemps, le temps restait froid et pouvait devenir plus froid encore. Les louveteaux pourraient geler. Un mince vernis de glace étoufferait les pulsations de leurs petits cœurs tout neufs, puis les battements s'arrêteraient et il n'y aurait plus que le silence. Ce malheur lui était déjà arrivé. Elle avait léché ses trois bébés jusqu'à ce que sa langue soit desséchée et en sang, mais elle n'avait pas réussi à lutter contre la glace.

Elle était grosse de sa troisième portée maintenant. Et cette fois, elle savait qu'elle devait aller loin de la meute, loin du clan, de son compagnon et, surtout, de l'Obea.

Le cinquième cycle lunaire de l'année débutait. Enfin, la louve flaira une tanière sous un rocher. Une forte odeur de renard s'en dégageait. Elle s'avança en adressant une prière silencieuse au ciel. « Faites qu'il n'y ait qu'un renard, s'il vous plaît, Lupus. Je ne veux pas avoir à chasser des renardeaux. »

Sa prière fut exaucée. Elle ne rencontra qu'une renarde qui attendait de mettre bas. Elle la délogea et s'installa dans la tanière. L'odeur de l'ancienne occupante avait imprégné les lieux. « Tant mieux », pensa-t-elle. Elle procurerait un excellent camouflage. La femelle se roula dans les excréments de renard laissés à proximité.

Ils vinrent enfin. Trois louveteaux, deux de couleur fauve comme leur père et le troisième d'un gris argenté. Ils étaient parfaits à ses yeux. Elle ne découvrit qu'après un long moment le minuscule défaut du mâle argenté : une patte avant légèrement tournée en dehors. En l'examinant de plus près, elle s'aperçut que le coussinet de ce pied présentait des nervures très fines en forme de spirale, comme une étoile tourbillonnante. C'était étrange, mais ça ne constituait pas une difformité, pas plus que la courbure de sa patte. Elle décida que son fils n'était pas *malcadh*, l'ancien mot loup qui signifiait « maudit ». Elle espérait que la patte se redresserait d'elle-même au fil des jours. Quant au dessin en relief, il était si discret qu'il ne laisserait pas d'empreinte, même dans la vase. Le petit semblait vigoureux, à en juger par l'énergie avec laquelle il tirait sur sa mamelle. Mais tout de même, elle avait bien fait de s'éloigner du clan.

Elle traîna les louveteaux un par un dans les recoins de la tanière. Par chance, deux ou trois tunnels aboutissaient à une chambre souterraine. Ils n'en bougeraient pas pendant quelques jours, elle enroulée autour de ses petits, les nourrissant dans l'obscurité apaisante. Ils deviendraient remuants bien assez tôt ; lorsque leurs yeux s'ouvriraient, ils chercheraient la lumière pâle et scintillante à l'entrée de la tanière. Le jour les attirerait comme le parfum de son lait, ou, plus tard, celui de la chair fraîche. D'ici là, ils seraient en sécurité tant qu'ils resteraient cachés. Le louveteau argenté se fortifierait de jour en jour et, au fur et à mesure, la menace de l'Obea s'effacerait.

Hélas, les rêves insensés de la louve ne durèrent que quelques heures.

Les lois des clans étaient impitoyables. L'Obea était chargée d'emporter les louveteaux difformes loin de la louvière, et de les abandonner à un endroit où ils finiraient par mourir. Seules des louves stériles pouvaient effectuer cette tâche. On supposait qu'elles n'avaient pas développé d'instinct maternel. Sans petits, les Obeas se consacraient entièrement au bien-être du clan, qui ne pouvait être sain et fort s'il gardait des loups atteints de malformations. Les règles étaient claires. Un louveteau malade ou infirme était voué à mourir de faim ou à être dévoré par un prédateur. S'il réussissait quand même à s'en sortir, on lui permettait alors de réintégrer une meute parmi les crocs-pointus, les loups qui occupaient le rang le plus bas dans la meute. Une mère de louveteau *malcadh* devait quitter les siens pour toujours. Le clan se débarrassait d'elle et de son compagnon. Pour survivre, ils devaient se séparer, chercher une nouvelle vie ailleurs, au sein d'autres clans.

Shibaan avait appris à se méfier des femelles grosses d'une portée qui s'en allaient *by-lang* – c'est-à-dire « très loin ». En Obea expérimentée, elle ne s'était pas laissé berner par les ruses de Morag. Shibaan devait admettre que Morag était plus soigneuse que la majorité des louves. Elle avait méticuleusement effacé ses traces et n'avait déposé aucune odeur pour marquer son territoire. Un loup ordinaire n'aurait pas remarqué les indices de sa fuite désespérée. Mais Shibaan n'était pas une Obea ordinaire. Elle décelait les empreintes les plus subtiles. Une touffe de duvet argenté prise dans des chardons. Des griffures sur une pierre ayant servi d'appui au milieu d'un ruisseau. En avançant, Shibaan perçut une légère odeur animale – un message. Il était facile à interpréter : « Tu pénètres sur le territoire d'un lieutenant du clan MacDermott ». Ainsi, ce lieutenant avait réagi à la présence d'un intrus. « Morag a osé traverser la frontière du domaine MacDermott, comprit Shibaan. Elle n'a pas froid aux yeux ! »

Elle repéra ensuite l'odeur du renard, mêlée à une autre, moins définissable. Shibaan secoua la tête d'un air las. « Ah ! ces louves ! Je finis toujours par les retrouver, même les plus futées. » Un poil gris dépassait des déjections de renard devant la tanière : il indiquait que là, sous le rocher, se dissimulait une louve. Poisseuse d'excréments, elle embaumait néanmoins le parfum si doux des nouveau-nés et du lait chaud.

Pas d'histoires, pas de bagarre. Les mères de louveteaux malcadhs ne se révoltaient jamais. Elles savaient que si elles résistaient, toute leur portée serait immédiatement tuée.

15

Morag regarda donc l'Obea Shibaan emporter son louveteau argenté nouveau-né entre ses mâchoires. Elle les suivit des yeux jusqu'à ce qu'ils ne soient plus qu'un point noir sur l'horizon. Cette tâche convenait si bien à Shibaan ! Après tant d'années passées à faire ce travail avec une obéissance absolue, on aurait dit qu'il ne restait plus chez l'Obea le moindre soupçon de sentiment ou d'imagination. En plongeant ses prunelles vertes dans celles de Shibaan, Morag n'avait rencontré que deux yeux vides, totalement dépourvus de lumière et de profondeur. Ils étaient comme des pierres sèches, décolorées par le temps.

Le petit mâle argenté s'était laissé attraper par la peau du cou avant de se rouler en boule, adoptant instinctivement la position de portage. Ne sentait-il pas que l'odeur de l'Obea était différente de celle de sa mère ? Que cette femelle qui le tenait dans sa gueule n'avait pas de lait ? Le louveteau n'avait cessé de téter depuis sa naissance – évidemment, cela n'avait duré que quelques heures. Ses paupières et ses oreilles étaient toujours fermées. Elles ne s'ouvriraient pas avant plusieurs jours. Il ne pouvait reconnaître sa mère qu'à l'odeur, et peut-être au contact de sa fourrure et au rythme de ses battements de cœur. En garderait-il le souvenir ? Mais au fond, quelle importance…

Une tempête couvait. Morag l'avait sentie venir et avait vu le ciel de plomb s'alourdir peu à peu et se refermer sur la terre, comme un piège. Son louveteau allait être abandonné au milieu de cet orage, tandis qu'elle attendrait le retour de l'Obea qui la ramènerait à son clan. L'Obea prendrait un bébé dans ses mâchoires, et Morag l'autre. La nouvelle de la naissance d'un malcadh serait annoncée et Morag serait immédiatement bannie de la meute. Une autre femelle nourrirait ses deux petits.

En bonne Obea, Shibaan était dotée d'une grande intelligence et d'un excellent sens pratique. « Où conduire ce louveteau afin de ne lui laisser aucune chance de survie ? » s'interrogeait-elle.

Elle avait discerné quelque chose sur le coussinet de la mauvaise patte du petit : une étrange marque en forme de spirale. Pourquoi cela la perturbait-il autant ? Elle n'aurait su le dire. Mais son cœur tremblait. Elle aurait pu le tuer, mais elle était trop superstitieuse. Elle ne voulait pas

17

désobéir à la loi et elle voulait pouvoir, après sa mort, remonter le sentier des esprits jusqu'au Grand Loup, Lupus, et à la grotte des âmes.

Elle avait conscience d'être chargée des basses besognes de son clan. Cela ne la dérangeait plus maintenant. Renoncer à avoir des petits à elle avait été dur, au début. C'était comme un caillou pointu et douloureux coincé entre ses coussinets. Cependant, au fil des années, à mesure qu'elle avait gagné le respect du chef, ce caillou était devenu lisse et poli comme un galet de rivière. Il n'était plus le signe de son échec, mais une simple partie d'elle, de son identité, de son travail et de son devoir d'Obea.

Devant elle, Shibaan aperçut les reflets scintillants du fleuve. C'était là qu'elle laisserait le nouveau-né. Avec le dégel printanier, le fleuve commençait à casser sa croûte de glace. Bientôt, le niveau de l'eau s'élèverait et la crue noierait le louveteau.

Elle atteignit un endroit où le courant avait creusé la rive. Elle nota les premiers signes du dégel. Sans aucun doute, ce coin serait englouti par les eaux quand l'orage aurait éclaté.

Consciencieuse, elle déposa avec soin le petit sur une avancée de glace. Dans son esprit, ce n'était ni un mâle, ni une femelle, ni même un loup. Seulement une créature qui se tortillait comme un ver, en gémissant faiblement. Plus pour longtemps, cependant. Si le torrent ne l'emportait pas, une chouette s'en chargerait. Le fleuve longeait un des principaux couloirs de navigation des chouettes charbonnières qui se rendaient dans le Par-Delà pour ramasser les braises crachées par les volcans. Malgré les relations excellentes qu'entretenaient les loups et les chouettes, les louveteaux malcadhs constituaient des proies faciles.

Le louveteau tentait de s'agripper à la surface froide et lisse avec ses minuscules griffes. Ses faibles plaintes se transformèrent en pleurs, mais l'Obea ne réagit pas. Elle n'éprouvait rien au fond de son cœur. « Je suis l'Obea. Il n'y a rien d'autre à dire. Et c'est bien ainsi. Je suis l'Obea, c'est tout. »

# CHAPITRE UN

## LE RUGISSEMENT DU FLEUVE

Aveugle et sourd, le louveteau sortait la langue pour téter, mais la mamelle chaude et le parfum du lait avaient disparu. Il ne sentait plus que le froid qui l'envahissait, rien d'autre. Bientôt son petit corps fut secoué de violents frissons. Comment son monde avait-il pu changer aussi vite ? Où étaient passés le flot de lait tiède, la douce fourrure, le contact des corps des autres louveteaux ? Le peu de choses qu'il avait connues durant sa brève vie n'existaient plus. L'odorat, le goût et le toucher, les seuls sens qu'il possédait, lui étaient retirés. Le petit se sentit glisser dans un précipice terrible entre la vie et la mort, dans un grand vide. Il s'engourdit peu à peu.

Quelque chose bougea autour de lui. La croûte de glace du fleuve se souleva, provoquant des grondements si puissants qu'ils s'insinuèrent à l'intérieur des oreilles fermées du louveteau. Soudain, il se mit à dévaler la pente. Mais il enfonça ses petites griffes acérées et il s'accrocha de toutes ses forces à un bloc de glace.

Le sort est parfois cruel. Le louveteau gagna deux sens vitaux, la vue et l'ouïe, au moment où le fleuve rompait sa prison de glace. Ce fut peut-être à cause du choc que ses oreilles et ses yeux s'ouvrirent.

D'immenses torrents se mirent à labourer les rives et déracinèrent des arbres.

Le louveteau s'enfonçait à présent dans les eaux glacées du fleuve. Il se cramponna plus fort avec sa patte tordue, qui semblait avoir une meilleure prise.

Il aurait sans doute été plus facile, et moins douloureux, d'abandonner, de se laisser noyer. Mais l'instinct de survie commandait. Il ouvrit plus grand les paupières et l'éclat de la pleine lune lui fit plisser les yeux.

Il apprit ainsi sa première leçon : il pouvait ajuster ses yeux à la luminosité. Il était donc capable d'influer sur certaines choses. Que pouvait-il contrôler d'autre ? Pouvait-il faire revivre la chaleur d'avant ? Retrouver le parfum du lait, son goût ? La cohue de ces petites boules de poil qui se bousculaient et retombaient sur lui alors qu'elles se ruaient vers les mamelles ? Les vibrations rythmées et rassurantes qu'il ressentait en se pressant près du grand corps de sa mère pour téter ?

Des gerbes d'eau glaciale l'éclaboussaient mais il tenait bon. De temps en temps, il sentait le bloc de glace tournoyer sur place. La lumière se mettait à tourbillonner et il était pris d'une nausée étourdissante. Alors il fermait fort les yeux pour se stabiliser. Son radeau finissait par se dégager dans une grande secousse et le tumulte du torrent l'entraînait de nouveau. La surface qui le soutenait rétrécissait dangereusement. Ses pattes arrière pendaient dans le fleuve et la paralysie le gagnait. Il se sentait devenir de plus en plus faible. Il commença à lâcher prise.

La dernière chose qu'il sentit fut une secousse spectaculaire, puis ses griffes crissèrent sur le dernier fragment de glace encore flottant.

# CHAPITRE DEUX

# LE DON DU FLEUVE

Par cette nuit de tempête, les lamentations de la mère ourse faisaient trembler la rive du fleuve. Accablée par un énorme chagrin, elle respirait fort et poussait des cris pathétiques. Les longs poils de son dos, gainés de glace, frémissaient.

Quand la crue avait menacé d'inonder sa tanière, elle avait tourné le dos un instant pour scruter les hauteurs, à la recherche d'un autre abri. Profitant de cette seconde d'inattention, des couguars avaient surgi et s'étaient emparés de son ourson. Son seul et unique ourson ! Elle n'en avait eu qu'un cette fois. Elle avait mangé pendant tout l'été, s'était engraissée tout l'automne, et pour quoi ? Pour perdre celui qu'elle avait espéré accueillir et entourer de son large corps. Celui qui resterait probablement son dernier-né.

Le lait encore dégoulinant des mamelles, elle s'offrait à présent à la fureur du fleuve, prête à mourir. Elle renversa sa tête massive vers la lune blanche et vitreuse et supplia le dieu Ursus : « Prenez-moi, prenez-moi ! Emportez-moi ! Tuez-moi ! Je veux mourir ! »

La femelle perdit la notion du temps. La nuit s'assombrit, le vent chassa l'orage. À l'aube, on ne voyait plus que quelques nuages noirs amoncelés sur l'horizon. En plusieurs heures, la montée des eaux avait atteint un pic, mais le courant n'avait toujours pas emporté l'ourse.

Au lever du soleil, une masse sombre s'accrocha soudain à sa patte arrière à moitié immergée. Elle secoua le pied, gênée par une sensation de grattement. Mais plus elle s'agitait, plus la chose se cramponnait. Agacée, elle finit par sortir la patte de l'eau pour la poser sur la rive.

Elle ignorait ce qui l'avait empêchée de se débarrasser de cet objet encombrant d'un simple coup de patte. Il ressemblait à une boule de ronces et de saletés, rien de plus.

Pourtant cette chose éveilla sa curiosité. Elle avait déjà vu des étincelles jaillir quand deux rochers se heurtaient ou quand la foudre frappait un arbre, mais jamais elle n'aurait imaginé qu'une étincelle pourrait jaillir du fleuve, vive et intacte, et porter la promesse de la vie. Alors elle se pencha et ramassa délicatement le petit paquet trempé avec ses deux pattes avant. Elle ne décela aucun mouvement, aucun signe de respiration. Pourtant il s'agissait d'un bébé, et lorsqu'il décolla douloureusement ses paupières, des étincelles se mirent à danser. Les rayons de l'aurore brillaient dans ses yeux. L'ourse, sous le choc, aperçut sa propre image dans le regard de cet animal, qui n'était ni de son sang ni même de son espèce. « C'est un louveteau, pensa-t-elle. Je veux mourir et lui lutte pour survivre ! »

Elle leva la tête et chercha la constellation du Grand Ours sur la voûte céleste. Elle savait que ce louveteau lui était envoyé par Ursus, en guise de message et de reproche. Elle ne devait pas penser à la mort. Son heure n'était pas venue. Ce pauvre louveteau n'avait pas atterri sur sa jambe par hasard.

— Faolan, murmura-t-elle. Je t'appellerai Faolan.

*Fao* signifiait à la fois « rivière » et « loup », et *lan* était le mot ours pour « don ».

— Car tu es un don du fleuve, dit-elle en le prenant tendrement contre sa poitrine.

Le louveteau flaira des traces de lait dans la fourrure épaisse et il y enfonça son museau. Quelle surprise ! Ce n'était pas l'odeur qu'il connaissait. Le goût aussi avait changé. Sans parler de ce nouveau bruit terrifiant – un martèlement régulier de coups puissants et de glouglous. Pressé contre la mamelle de l'ourse, Faolan était secoué par cet étrange concert. Pourtant il se sentait en sécurité.

C'était une autre mère de lait. Énorme, celle-là, dix fois plus grosse que la première. Peu à peu, il s'habitua aux pulsations de son cœur géant et à la turbulence de son estomac.

Il but, encore et encore. Il baignait dans un monde de lait. De lait nourrissant et épais. Bientôt il ferma les paupières et s'assoupit en tétant.

L'ourse contempla Faolan et de grosses larmes roulèrent aux coins de ses yeux. « L'esprit du fleuve t'a amené à moi. Il doit y avoir une raison. Je vais te nourrir jour et nuit. Une flamme peut naître d'une étincelle et devenir un grand feu. »

Elle soufflait son haleine douce et chaude sur lui. Le louveteau battit des cils, avant de sombrer dans un sommeil profond et sans rêve.

# CHAPITRE TROIS

## UN MONDE DE LAIT
## ET DE LUMIÈRE

L'ourse se demandait comment elle allait bien s'occuper de ce louveteau. C'était une créature gloutonne, mais très différente d'un ourson. Son odeur était différente, ses gestes également. Plus gros qu'un ourson nouveau-né au moment où elle l'avait recueilli, il ne grossissait pas aussi vite. Un petit d'ours aurait déjà doublé de poids à son âge. L'ourse s'inquiétait : peut-être que son lait ne lui convenait pas ? Ou peut-être qu'elle ne le tenait pas comme il fallait ? Le dieu Ursus lui avait envoyé ce bébé, et elle attendait chaque jour d'autres signes de sa part qui la guideraient.

Elle voulait tellement qu'il devienne plus qu'un simple protégé ! Sentait-il lui aussi qu'ils formaient un drôle de duo ? « Sans doute pas ; après tout, ce n'est qu'un ourson », se dit-elle. Elle sursauta et pouffa de rire. « Tiens ! Je l'ai appelé ourson ! En fin de compte, un petit est un petit. Ils sont tous pareils. Oursons, louve-teaux… Ils ne pensent qu'à boire du lait. »

Elle le prit dans ses énormes pattes et le sou-leva à hauteur de son visage. Ils se regardèrent longuement. Les yeux du louveteau étaient en train de prendre une belle teinte verte, comme celle des yeux des loups du Par-Delà ; tandis que ceux de l'ourse étaient d'un brun chaud et brillant.

— Toi, tu es un drôle de bonhomme !

Elle lécha sa truffe humide. Il réagit par un petit cri joyeux.

— Oh, tu aimes ça !

Elle recommença et cette fois, il aboya de plaisir.

Une fois à terre, il se roula sur le dos et tendit les pattes, comme s'il attendait quelque chose. L'ourse comprit qu'il voulait être chatouillé. Elle s'adressa à lui avec un mélange de paroles, de grognements et de reniflements.

— Oh ! Tu veux que je continue, coquin !

Les mots prononcés par les loups, les ours et les chouettes se ressemblaient beaucoup, mais le ton, le regard et les mouvements subtils de la tête créaient un langage caché, difficile à com-prendre pour les autres espèces.

Elle le gratouilla et le louveteau se redressa d'un bond, ravi. Ils recommencèrent ainsi plu-sieurs fois, puis Faolan courut sur quelques mètres et tourna la tête d'un air espiègle. Subitement, il fit volte-face, fonça sur elle et lui sauta dessus. Elle fut si surprise qu'elle tomba en arrière. Il grimpa sur sa poitrine et se mit à lui donner de grands coups de langue sur le menton et le museau.

L'ourse grondait de rire et de plaisir. Plus elle riait, plus Faolan lui léchait le nez. Ses yeux se remplirent de larmes. Pendant des jours entiers, le louveteau avait tété sans lui prêter attention. Et il avait suffi d'un instant pour qu'il se mette à jouer avec elle et qu'il réponde à ses gestes tendres. Ils pouvaient donc communiquer ! Elle le souleva de nouveau avec douceur.

Après avoir échangé un long regard, Faolan frétilla et lança un aboiement qui signifiait : « Du lait ! Du lait ! » Elle le prit au creux de sa patte et il s'accrocha à sa mamelle. Mais rien n'était plus comme avant. Les paupières grandes ouvertes, il la fixait. On aurait dit qu'un courant circulait entre eux. Faolan buvait le lait et la femelle plongeait avec bonheur dans l'éclat de ses yeux. Elle se sentit submergée par une immense vague d'amour.

# CHAPITRE QUATRE

## CŒUR-DE-TONNERRE

C'était la famille la plus curieuse qu'on eût jamais vue. Dame grizzly, grande et forte, marchait d'un pas lourd. Les pointes argentées de son pelage brun scintillaient au soleil. Le louveteau, à la fourrure d'un gris plus vif, trottinait tantôt devant, tantôt derrière, ou encore à son côté. Ensemble ils fouillaient la terre à la recherche des jeunes pousses qui commençaient à percer au printemps. L'une grognait ; l'autre répondait en glapissant ou en lâchant des aboiements secs. Néanmoins ils se comprenaient, et plus le temps passait, plus il semblait à l'ourse qu'élever un louveteau n'était pas différent d'élever un ourson.

À présent, Faolan savait tourner la tête à la manière d'un ours pour dire non. Mais qu'il était petit ! Maigrelet et sans défense ! Cela désespérait la femelle. En revanche, il courait très vite et pouvait parcourir de longues distances grâce à ses accélérations fulgurantes. Sa vitesse pourrait peut-être le sauver si sa taille posait un problème. Évidemment, elle ne compenserait jamais l'infirmité de sa patte avant. Un loup, comme un ours, avait besoin de ses quatre pattes à cent pour cent.

Faolan traînait maintenant derrière elle en gémissant. « Je suis fatigué », lui signifiait-il. Elle se tourna et lui décocha un regard noir. Alors il s'accroupit sur un monticule couvert d'herbe tendre et secoua la tête.

— Non, non et non ! grogna-t-il.

Puis il souffla un gros nuage de buée par les narines, comme pour déclarer : « J'ai trop chaud ! »

Pour finir, il se traîna péniblement jusqu'à l'ourse et se frotta contre elle, désireux de se hisser sur son dos.

Ayant mis au monde trois portées d'oursons, dame grizzly avait déjà entendu ces plaintes. Qu'ils soient ours ou loups, les jeunes se fatiguaient, devenaient grincheux et finissaient par vouloir retourner à la tanière afin de se gaver de lait sans effort. Il fallait bien pourtant que le petit apprenne à se procurer d'autres nourritures, car l'allaitement ne durait pas éternellement. Elle jugeait cette leçon particulièrement importante pour Faolan. « Par Ursus, qu'il est petit !

Tous les louveteaux de son âge mesurent-ils la même taille ? » se tourmentait l'ourse.

Elle était étonnée de s'être à ce point attachée au louveteau. L'étincelle qu'elle avait aperçue dans ses yeux le matin de leur rencontre avait provoqué un incendie dans son cœur – et donné un tempérament de feu au petit. Comment une créature aussi minuscule pouvait-elle avoir autant d'énergie ? Il était vif, intelligent et très tenace. Mais le temps était venu de dompter ce caractère fougueux.

Elle bouscula Faolan du bout de son museau carré. Il tituba en arrière en faisant semblant d'avoir mal.

— Debout, grogna-t-elle.

— Non ! Non ! fit le louveteau.

« Non » était de loin son mot préféré. L'expression « Encore du lait ! » arrivait en deuxième position. Il ne les prononçait pas tout à fait comme un ourson. Sa voix était plus aiguë, moins profonde. Par contre, ses gestes étaient ceux d'un petit d'ours. En le voyant remuer brusquement la tête, sa mère d'adoption se dit qu'elle n'avait jamais remarqué ce genre d'attitude chez aucun loup adulte. Un jour, cachée derrière un énorme rocher, elle avait observé une meute de loups en train de dévorer la carcasse d'un élan. Leurs moindres faits et gestes s'accompagnaient de cérémonies élaborées. Certains loups mangeaient en premier ; d'autres arrivaient ensuite en rampant et semblaient demander la permission de se joindre au repas. Comment réagissaient-ils aux pleurnicheries d'un louveteau mâle et un peu comédien comme Faolan ? Celui-ci venait de s'affaler sur le dos en agitant sa mauvaise patte d'un air dramatique !

Il voulait rentrer, se reposer dans l'ombre fraîche et accueillante de la tanière, respirer le parfum des tapis de mousse duveteuse sur lesquels il adorait faire sa sieste du matin. Surtout, il voulait se blottir contre l'ourse et se gaver de lait.

Ses gémissements reprirent de plus belle.

— *Urskadamus* ! jura l'ourse.

Ce qui signifiait quelque chose comme : « Maudit soit l'ours enragé ! » Agacée, elle lança un avertissement à Faolan en haletant bruyamment. Mais il ignora le reproche et continua de se lamenter.

« Assez ! pensa-t-elle. Il s'écoute trop. Il doit apprendre à apprivoiser ses faiblesses et à les transformer en atouts. » Ce serait difficile à accepter, mais le monde qui l'attendait n'était-il pas encore plus cruel ?

Pour la première fois, elle émit un grondement sévère et abattit sa lourde patte sur celle de Faolan. Il se mit à hurler de douleur. Ses yeux verts se remplirent d'étonnement. « Comment as-tu pu me frapper ? Pourquoi ? » se demanda-t-il, au bord des larmes.

La femelle grizzly n'avait pas toujours de mots pour dire clairement ce qu'elle voulait. Parfois, enseigner par l'exemple valait tous les discours. Alors elle contourna Faolan à pas lents et se mit à creuser dans un carré d'ail sauvage avec une patte qu'elle utilisait peu d'ordinaire pour ce genre de tâche. Le message était clair : « Utilise ta patte tournée en dehors ! Fais-en ta patte pour creuser. »

Docile, Faolan gratta la poussière à l'endroit où poussaient les bulbes. Il lui fallut un long moment, mais il finit par en déterrer un.

Très fière, la femelle s'avança jusqu'à lui en faisant entendre un ronron sourd. Elle le caressa doucement du museau et lui lécha le menton de son énorme langue. Puis elle se tourna et recommença à farfouiller dans le sol. Faolan la regarda d'un air consterné. « Encore ? » se dit-il. Mais il l'imita et reprit le travail. Il ne voulait surtout pas qu'elle se mette encore en colère. Et si elle refusait de le nourrir après ? Il redoubla ses efforts.

Le petit s'en était bien sorti. Elle l'avait surveillé du coin de l'œil. En un temps record, il avait trouvé comment il pouvait orienter sa mauvaise patte afin de l'utiliser le mieux possible.

Faolan apprenait vite. De plus, il était inventif. Mais l'ourse regrettait de si peu connaître les loups. En général, les ours et les loups s'évitaient. C'était totalement différent avec les chouettes. Elles étaient leurs alliées depuis l'époque où les loups s'étaient installés dans le Par-Delà. L'ourse se répétait souvent que si elle était née chouette, elle aurait fait une meilleure mère pour ce petit. Mais à quoi bon ruminer de telles pensées ?

Au lieu de se morfondre, elle se creusait la cervelle et tentait de rassembler ses souvenirs. Combien de fois avait-elle observé des loups ? Elle se rappelait avec précision qu'un jour elle avait épié deux meutes depuis un rocher en hauteur. Elle avait pu voir que leur méthode de chasse était très différente de la sienne. Les loups étaient moins gros et moins puissants que les ours, mais ils se rattrapaient par l'intelligence. Les ours ne formaient jamais de bande. Cela pouvait-il expliquer qu'ils raisonnent si différemment ? La façon de vivre des loups leur paraissait compliquée et mystérieuse.

« Quant aux chouettes, songeait l'ourse, n'en parlons pas ! » Elles savaient fabriquer des outils et des armes. Elles plongeaient des objets dans le feu pour se fabriquer des griffes. Une pensée terrifiante lui traversa l'esprit : « Et si je n'étais pas assez intelligente pour élever un louveteau ? »

Sur le chemin de la tanière, elle observa discrètement Faolan. Le pauvre chancelait de fatigue et remontait le sentier étroit en zigzaguant. « Eh bien, se dit-elle, je ne suis peut-être pas très intelligente, mais je suis tout ce qu'il a. » Elle prit le louveteau dans sa gueule. Au moins deux cycles lunaires avaient passé depuis leur rencontre et il était encore assez léger pour être porté comme un ourson âgé d'une lune.

Le lendemain, ils iraient encore plus loin pour fouiner dans les cachettes des écureuils, à l'intérieur des pins à écorce blanche. L'écorce utilisée par ces animaux pour garnir leurs nids constituait un aliment très nourrissant. Avec un peu de chance, peut-être tomberaient-ils sur un écureuil. Au printemps, les ours mangeaient surtout des herbes, des racines et des fruits oléagineux. Ils ne mangeaient du gibier que plus tard dans l'année, sauf s'ils trouvaient par hasard le corps d'un vieil animal qui n'avait pas survécu à l'hiver.

Elle avait choisi une nouvelle tanière pour la saison chaude. C'était un des plus jolis abris qu'on puisse imaginer. Il se situait dans un petit bois, au bord du fleuve, sur une rive couverte de lis jaunes et d'iris bleus, à un endroit qui grouillerait bientôt de truites.

À leur retour, Faolan somnolait, mais il avait encore la force de téter. L'ourse s'assit toute droite, ses pattes arrière tendues devant elle. Pendant que Faolan se rassasiait, elle contempla le ciel du soir, couleur lavande. Quelle différence entre ce spectacle et la nuit de tempête où Faolan était apparu !

Elle baissa les yeux sur le louveteau repu. Elle ne cessait de s'interroger à son sujet. Sa patte tournée en dehors n'avait rien de très extraordinaire, cependant le léger dessin en spirale qui ornait son coussinet l'intriguait. Ce motif avait quelque chose de fascinant. Qu'est-ce que cela signifiait ? D'où venait Faolan ? Pourquoi le fleuve le lui avait-il confié ? Était-il seul au monde ? Les loups étaient des animaux de meute. Comment pourrait-elle remplacer non seulement sa mère, mais son clan tout entier ?

— Urskadamus ! jura-t-elle tout bas.

L'ourse se posait mille questions. Les loups ne pouvaient pas s'asseoir à la manière des ours. Alors les mamans devaient nourrir leurs petits autrement – en s'allongeant au sol peut-être ? Mais elle avait toujours peur de l'écraser accidentellement en roulant sur le côté. Il était si minuscule par rapport à elle ! Les loups ne savaient pas non plus se lever sur leurs pattes arrière. Quel dommage que Faolan ne puisse pas faire comme elle… Elle voyait tant de choses en se mettant debout ! Et si elle lui montrait ? Après tout, elle ne perdait rien à essayer de lui apprendre.

Elle le regarda de nouveau et le câlina. Elle l'aimait si fort. Cela paraîtrait étrange, voire suspect, aux yeux d'autres ours, mais ça lui était égal. Complètement égal.

Faolan se tortilla légèrement et, ivre de lait, il glissa dans un sommeil profond. Il s'était habitué aux bruits très forts du corps de sa mère adoptive : à ses inspirations et expirations mugissantes et, surtout, aux battements tonnants de son gros cœur. Ces sons s'insinuaient à l'intérieur de ses rêves et le berçaient jusqu'au matin. Pour lui, l'ourse n'était plus simplement une mère de lait ; dans son esprit, il l'avait surnommée Cœur-de-Tonnerre.

# CHAPITRE CINQ

## LA LEÇON DE PÊCHE

Aux premières lueurs de l'aube, Cœur-de-Tonnerre se leva et laissa tomber Faolan brusquement.

— Suis-moi et regarde ! ordonna-t-elle en lui donnant un petit coup de museau.

Il la suivit le long du fleuve, jusqu'à un rocher plat qui descendait dans l'eau en pente douce. À cette saison, les truites commençaient à se rassembler en banc dans le contre-courant, juste sous la dalle de pierre. Pêcher demandait de la patience et Cœur-de-Tonnerre savait que les louveteaux, comme les oursons, en manquaient – surtout Faolan. Elle espérait néanmoins qu'il y arriverait. Il devait à tout prix s'engraisser et prendre des forces.

La pêche était évidemment plus simple à l'automne, quand les saumons remontaient le fleuve par dizaines. Il suffisait alors de barboter en amont d'un rapide et de les attraper au moment

39

où ils sautaient pour déposer leurs œufs. Pressés de se reproduire, ils devenaient des proies faciles. Mais les truites ne sautaient plus à cette période de l'année et les attraper représentait un vrai défi.

L'ourse attendit en scrutant l'eau, à l'affût du moindre reflet. Elle sentit Faolan s'agiter et comprit qu'il ne tiendrait pas immobile beaucoup plus longtemps. Mais hélas, les poissons se faisaient désirer. Le louveteau se mit à gémir et hocha la tête en direction d'un bouquet de roseaux qui poussait à proximité. D'un grognement, elle lui donna la permission d'y aller. Il ne lui restait plus qu'à surveiller le petit d'un œil, et de l'autre les poissons.

Faolan semblait heureux. Les roseaux cachaient toujours des foules de larves, de scarabées ou de coccinelles, un mets très apprécié des ours – et de lui-même, à présent. Il en trouva et poussa un cri de joie.

Au moment où son museau ressortait des roseaux tout moucheté de points rouges, Cœur-de-Tonnerre aperçut le reflet argenté d'une truite. Il y eut un « splash » retentissant lorsque sa patte gifla la surface du fleuve. Puis elle saisit le poisson et le cogna contre le rocher. Le sang gicla. Des gouttelettes, comme figées en suspension, scintillèrent dans les rayons du soleil levant.

Faolan s'immobilisa, les yeux rivés sur les gouttes tournoyantes. Son cœur battait fort. Il se mit à saliver. Il éprouvait de nouvelles sensations étonnantes à l'intérieur de sa gueule. Une faim d'un genre particulier lui creusait l'estomac. Il n'avait jamais ressenti une telle admiration pour Cœur-de-Tonnerre. Il secoua la tête pour se débarrasser des coccinelles et s'avança vers l'ourse.

Il baissa le cou au ras du sol, puis tout le corps, couchant les oreilles et montrant le blanc de ses yeux.

— Que fais-tu ? demanda doucement Cœur-de-Tonnerre.

Pour une fois, Faolan avait vraiment l'air d'un loup. Elle sut d'instinct qu'il lui témoignait du respect. Mais où et comment avait-il appris ces gestes ?

L'odeur du sang avait des effets surprenants. En ouvrant le corps du poisson avec sa griffe, elle avait éveillé l'envie du sang chez le louveteau. Les oursons n'y étaient pas indifférents non plus, mais aucun ne se comportait de la sorte. Ils se précipitaient tous et se disputaient le premier morceau de viande fraîche. Ils se poussaient et tentaient de s'imposer en réclamant d'y goûter à grands cris. Faolan, lui, s'approchait à plat ventre. « Comme si j'étais le dieu Ursus en personne ! » se dit l'ourse.

Elle déchira la truite en deux et la lâcha devant Faolan. Au lieu de se jeter dessus, il leva vers elle des yeux presque implorants. Elle voyait des filets de bave dégouliner de sa gueule. Comme il hésitait, elle poussa le poisson plus près de lui. Mais il ne fit que s'aplatir davantage en émettant des petits glapissements. Cœur-de-Tonnerre l'étudia avec attention. Ses yeux allaient et venaient entre le poisson et elle. Elle finit par comprendre.

« Incroyable ! Il veut que je mange la première ! Mais comment survivra-t-il s'il laisse les autres se servir d'abord ? » Était-ce la coutume chez les loups ? Une sorte de rituel de meute ? « Il faut pourtant qu'il mange ! Sinon, c'est lui qui se fera manger ! » Le comportement de Faolan la remplissait de confusion.

Elle finit par céder. Elle arracha la queue du poisson avec ses dents et laissa au louveteau les morceaux les plus nourrissants.

Il dévora le tout en un clin d'œil.

À partir de ce moment, Faolan se transforma en élève modèle. Il passa le reste de la matinée à nager derrière l'ourse dans le fleuve et à examiner les moindres fentes en quête de truites. Il devint vite très adroit pour attraper les poissons et les assommer. Surtout, il exploitait à merveille sa patte tordue. C'était peut-être ce qui réjouissait le plus Cœur-de-Tonnerre.

L'après-midi venu, gavés de poissons, ils s'allongèrent sur la rive ensoleillée et observèrent la course des nuages dans le ciel. L'ourse grogna et leva un bras pour montrer un nuage qui ressemblait à une truite. Amusé, Faolan aboya gaiement et chercha à son tour une image. Soudain il se dressa d'un bond et remua la queue, très excité. Deux gros nuages s'étaient heurtés. Le premier avait une bosse au sommet et, juste au-dessous, deux arrondis qui lui dessinaient comme des épaules. Le second, plus petit et plus sombre, s'immobilisa au niveau de la bosse. Tandis que Cœur-de-Tonnerre s'asseyait pour les regarder, Faolan laissa exploser sa joie.

— C'est nous ! C'est nous ! Je te chevauche dans le ciel !

Sur ces mots, il bondit sur le dos de sa mère ourse. La femelle rugit de plaisir et elle repartit en gambadant, le sol tremblant sous ses pattes.

# CHAPITRE SIX

# LE GOÛT DU SANG

Ils n'étaient pas encore allés bien loin quand
Cœur-de-Tonnerre sentit Faolan se contracter.
Dans une clairière, elle aperçut une mère grizzly et
ses deux oursons qui se rendaient au fleuve pour
pêcher. Les inconnus les remarquèrent à leur tour
et s'arrêtèrent. Faolan se laissa tomber du dos de
Cœur-de-Tonnerre et se précipita derrière elle. Il
se blottit contre sa jambe, tentant de disparaître
dans sa fourrure. La famille grizzly s'approcha
avec prudence. Faolan risqua un coup d'œil et
entendit les oursons souffler bruyamment. Ils se
moquaient de lui ! L'un d'eux riait même si fort
de cet étrange spectacle qu'il se roulait par terre.
Leur maman se contentait de le dévisager, stupé-
faite. Le louveteau se mit à frissonner.

« Il a compris qu'il était différent ! » pensa
Cœur-de-Tonnerre. Cela devait arriver. Son premier instinct fut de le protéger, d'empêcher ces

ours de le fixer. Mais plus la femelle le contemplait et plus ses enfants ricanaient. Cœur-de-Tonnerre était déterminée à braver leur regard. Alors elle s'écarta, exposant le louveteau. Qu'il était petit comparé aux oursons ! Si seulement elle avait pu le faire doubler de volume rien qu'en claquant des griffes !

Faolan gémit tristement. Muette, aussi immobile qu'une statue, elle ne lui fit pas un signe. Elle repensait à ce jour où elle l'avait tiré du fleuve, à cette étincelle de vie et à cette volonté de vivre en lui !

Faolan comprit quelque chose à travers l'expression de Cœur-de-Tonnerre. Lentement, il tourna la tête vers les oursons qui se tordaient de rire dans les hautes herbes. En un éclair, il se métamorphosa. Il cessa de trembler, se redressa et s'avança avec fierté, la queue dans le prolongement du corps et les oreilles droites. La mère des oursons se hérissa de peur. D'une tape, elle envoya son fils rouler entre ses pattes avant. En entendant son cri de protestation, sa sœur leva les yeux. Elle retint son souffle en remarquant la transformation de Faolan.

Une grande confusion se lisait dans leurs yeux effarés. Comment une créature aussi petite réussissait-elle à les intimider ainsi ? Cœur-de-Tonnerre elle-même était déconcertée. Faolan n'avait pas grossi d'un poil, pourtant il dominait la situation. Pendant un moment, elle avait vu le louveteau vaciller, balançant entre deux mondes – celui des ours et celui des loups dont il ne savait rien. Et, tout à coup, on aurait dit qu'il venait de trouver sa place de loup. Il jouait son rôle et semblait entouré par une meute invisible.

Au bout de quelques instants, il finit par baisser un peu la queue. Cœur-de-Tonnerre trotta jusqu'à lui et lui ordonna de la suivre d'un grognement, après une petite tape sur l'épaule.

L'autre mère ourse cligna des paupières, intriguée. Quel était cet étrange animal qui ressemblait à un loup et se comportait comme un ourson ?

Faolan aussi ressortit troublé de cette expérience. Pendant qu'il trottinait derrière l'ourse, il ne cessait de se dire : « Je suis différent. Je suis différent. »

Sur le chemin de la tanière, ils passèrent devant un ruisseau. L'eau était calme et plate. Faolan marqua une pause et sonda sa surface scintillante. Cœur-de-Tonnerre se glissa à côté de lui, croyant qu'il avait aperçu d'autres poissons. Leurs deux reflets tremblotèrent sur l'eau sombre. Faolan se comparait à sa mère adoptive. « Je ne lui ressemble pas du tout. D'ailleurs je ne ressemble à aucun animal de ma connaissance. Pourquoi mes yeux sont-ils si verts ? Pourquoi mon visage est-il si étroit ? Celui de Cœur-de-Tonnerre est énorme, plus large même que ma poitrine. Sa fourrure est épaisse et foncée, la mienne trop claire… »

Sitôt rentrés à la tanière, par habitude, Faolan s'accrocha à la mamelle de l'ourse. Pendant qu'il tétait, il la considéra avec une expression grave. Elle lut une question au fond de ses prunelles d'émeraude : « Pourquoi ne suis-je pas comme toi ? » Elle grogna doucement et lui lécha le museau pour toute réponse.

« Seul l'amour compte », songea-t-elle. Mais elle ne prononça pas ces mots à voix haute. Les ours exprimaient rarement leurs sentiments les plus forts. Faolan comprit cependant sa mère adoptive. Enveloppé dans la lumière chaude et ambrée des yeux de l'ourse, il sut qu'elle l'aimait comme son propre fils.

Cœur-de-Tonnerre sentait que son lait s'épuisait. Heureusement, Faolan savait désormais pêcher. Cela ne suffirait pas, toutefois. Il devait apprendre à chasser et à se procurer de la vraie viande, de la viande rouge. Ce serait peut-être plus facile qu'elle ne l'avait redouté au départ. Faolan avait repéré l'odeur de la mère grizzly et de ses deux enfants bien avant elle. Un bon odorat était un excellent atout pour un chasseur.

Ils dormirent tous les deux dans la chaleur de l'après-midi, et ne se réveillèrent que tard dans la soirée.

*Cœur-de-Tonnerre sentait le mâle approcher. Elle était incapable de bouger. Ses membres lui pesaient. Elle avait l'impression d'avoir sombré dans le profond sommeil de l'hibernation. « Ce n'est pourtant pas l'hiver, se dit-elle. Je dois me lever. Mes oursons… mes oursons ! Sommes-nous à la saison des accouplements ? Aurais-je oublié de marquer mon territoire ? Qu'est-ce qui m'arrive ? » Elle pouvait à peine redresser la tête, encore moins se mettre debout pour déposer son odeur sur les arbres qui entouraient sa tanière. Un flot de sang traversa le bleu parfait du ciel : le gros grizzly venait d'entailler le dos de son petit jusqu'à l'os. Cœur-de-Tonnerre se leva, rugit et chargea le mâle. Elle lui infligea une sévère blessure à la patte avant. Il hurla de douleur et s'enfuit en courant. Mais il reviendrait sans doute… Il reviendrait…*

Cœur-de-Tonnerre émergea de son horrible rêve avec un frisson si violent qu'il fit tomber le louveteau, lové contre elle.

— Urskadamus ! marmonna-t-elle.

L'ourse soufflait nerveusement. Elle savait que la saison des amours arrivait et que les mâles ressentiraient le besoin de sa compagnie. Elle devait marquer les abords de sa tanière avant qu'un mâle ne pénètre sur son domaine. Alors tout irait bien.

Elle savait que les loups aussi utilisaient leurs odeurs pour délivrer des messages. Si Faolan faisait comme elle, les autres ours ne s'approcheraient pas. Elle n'avait aucune envie de s'accoupler. Faolan était son dernier petit et elle était décidée à s'en occuper jusqu'au bout. Personne ne lui ferait du mal.

Il avait déjà uriné aux alentours de la tanière, mais ce n'était pas suffisant. Il fallait d'autres marques, comme ces empreintes très spéciales qu'elle avait déjà senties en passant près d'un territoire de loups.

Faolan parlait de mieux en mieux. Cœur-de-Tonnerre avait entendu à l'occasion des loups et des chouettes discuter entre eux. À l'époque, elle s'était dit que le vocabulaire qu'ils employaient était très différent du sien. En réalité, ce n'était qu'une histoire de façon de parler. Par exemple, le bruit du courant dans une rivière rapide était différent de la clameur d'une cascade ou du glouglou d'un petit ruisseau à la saison sèche. Mais cela restait de l'eau. Eh bien, là, c'était pareil. Il suffisait de bien écouter.

La voix de Faolan était moins profonde que la sienne, même si elle évoquait de plus en plus celle d'un ours. Il avait acquis en partie les sonorités de gorge dures qu'employaient les grizzlys. Les chouettes, elles, s'exprimaient par des tonalités très variées. Certaines possédaient des voix presque caverneuses, d'autres très sonores, et quelques-unes franchement stridentes. Aucune ne ressemblait ni de près ni de loin à celle d'un ours, pourtant les mots étaient presque les mêmes.

Dès qu'ils eurent quitté la tanière, Faolan partit en trottinant vers le fleuve. Cœur-de-Tonnerre émit un grondement sourd et lui envoya un coup de tête dans l'arrière-train qui le fit pivoter dans la bonne direction.

— Par ici !

Elle alla jusqu'à un grand pin blanc, puis elle s'accroupit sur ses pattes arrière et commença à se gratter le dos contre le tronc. Un bruit de raclement s'éleva tandis qu'elle laissait ainsi sa signature.

Vint ensuite le tour de Faolan. Elle le fixa d'un air sévère. Puis elle se coucha à plat ventre et l'appela d'un petit cri sec, comme elle le faisait souvent quand ils jouaient à se bagarrer. Il se hissa immédiatement sur son dos. Une forte odeur sortait maintenant de la fourrure de Cœur-de-Tonnerre.

— Qu'est-ce que c'est, cette odeur ?

— C'est mon fumet.

Faolan avait déjà senti ce parfum en la chevauchant, mais il était plus fort à présent, presque entêtant et très éloigné de l'arôme sucré et riche du lait. Il émettait un signal fort : un message défensif qui signifiait que cette tanière et tout ce qui se trouvait alentour leur appartenaient, à Cœur-de-Tonnerre et à lui, son louveteau. Faolan eut un déclic.

— Je peux le faire, moi aussi !

L'ourse le regarda placer son arrière-train contre le tronc et baisser la queue. « Il comprend vite ! » pensa-t-elle. Elle n'avait même pas eu à lui expliquer quoi que ce soit. Il avait aussitôt saisi l'urgence de ce message olfactif. « Quel formidable louveteau ! »

Faolan courut sans tarder à droite et à gauche, marquant de son odeur chaque tronc, chaque rocher et chaque souche en se disant : « C'est à moi ! À moi ! À moi ! » Cette pensée l'excitait. Et ce n'était que le début. D'autres parties de son corps le chatouillaient à présent. Il se mit à gratter la terre furieusement. D'entre ses griffes se répandirent d'autres odeurs, et ce cri dans sa tête – « À moi ! À moi ! » – se changea en « À nous ! À nous ! ». L'histoire des loups parlait du plus profond de son être.

L'ourse reprit sa marche, dressée de toute sa hauteur. Constatant que le louveteau la suivait à quatre pattes, elle s'arrêta abruptement et se retourna. Ensuite elle se laissa retomber et poussa sur ses pattes avant pour se redresser.

— Mets-toi sur deux pattes ! ordonna-t-elle.

Faolan, immobile, tournait et retournait cette demande dans son esprit. À son expression, elle voyait qu'il réfléchissait dur. Subitement, il se dressa sur ses pattes arrière. Cœur-de-Tonnerre l'observa, le cœur battant. Il fit un pas hésitant.

Elle poussa un grognement joyeux et se baissa pour le lécher sous le menton. Non loin de là poussait un arbuste chargé de baies charnues. Elle cassa une branche et, se tenant de nouveau bien droite, la secoua devant Faolan. Elle savait qu'il adorait ces baies. Instantanément, il se remit à marcher sur ses pattes arrière. Cette fois, il enchaîna quatre pas ! Cœur-de-Tonnerre était ravie. Ravie et fière. Pour un ourson, il n'y avait rien de plus naturel que de prendre appui sur ses pattes arrière. Mais pour un loup, c'était une autre histoire.

Quand l'obscurité tomba, Faolan semblait presque aussi à l'aise debout qu'un ourson. Cependant sa leçon la plus importante de la journée restait à venir. Du coin de l'œil, il aperçut un éclair blanc : une hermine se réfugiait à toute vitesse au fond de son terrier, derrière un haut arbuste. Il ne l'aurait jamais vue s'il était resté à quatre pattes. Sans attendre, il prit son élan, décrivit un bel arc de cercle et retomba de l'autre côté de l'arbuste. Là il se mit à creuser la terre avec furie. Sa patte déformée était devenue plus forte depuis que l'ourse l'obligeait à s'en servir. Il n'y pensait même plus, maintenant.

Cœur-de-Tonnerre le rejoignit en trottinant. Soudain, une boule de fourrure jaillit du nid comme une flèche. Faolan tituba en arrière et fit la culbute. Il sentit quelque chose s'enfoncer dans son dos. Des griffes acérées. Il bondit et se tordit dans tous les sens pour se débarrasser de son agresseur. Ce dernier était beaucoup plus petit – à peine plus gros qu'un écureuil, en réalité –, mais énergique. Faolan glapit de douleur tandis que les griffes et les canines pointues de l'hermine pénétraient dans sa chair. Cœur-de-Tonnerre poussa un rugissement. Comment assommer l'hermine sans blesser son louveteau ? Elle était condamnée à assister, impuissante, à leur lutte acharnée. Le louveteau venait de détruire le terrier de l'hermine et ses bébés frissonnaient de peur. Folle de rage, elle essayait de s'approcher de son cou. Si elle atteignait l'artère partant du cœur, il mourrait.

Cœur-de-Tonnerre tremblait d'inquiétude. Faolan s'affaiblissait déjà, ses forces l'abandonnaient de seconde en seconde. Il livrait son premier combat de sang. L'ourse fit semblant de charger mais l'hermine ne prêtait pas attention à elle. Le louveteau tomba à genoux, se releva et rassembla ce qu'il lui restait d'énergie pour foncer vers le fleuve. D'un bond puissant, il se jeta à l'eau. Cœur-de-Tonnerre plongea derrière lui. Elle regarda avec angoisse sa tête briser la surface. Des filets rouges zébraient son cou, cependant l'hermine avait lâché prise : elle remontait furtivement la rive pentue et boueuse de l'autre côté.

Cette nuit-là dans la tanière, au son du bruissement des feuilles soulevées par les chaudes brises d'été, Cœur-de-Tonnerre lécha les blessures de Faolan. Elles n'étaient pas aussi profondes qu'elle l'avait redouté. Il guérirait. Pourtant le louveteau n'était plus le même. Elle percevait une nouvelle anxiété chez lui. Il refusa de téter. Il voulait du sang, à présent.

# CHAPITRE SEPT

# LES YEUX DORÉS
# DE CŒUR-DE-TONNERRE

L'éducation du louveteau se poursuivit au fil de l'été. Il adorait apprendre. Désormais à l'aise sur ses pattes arrière, il pouvait marcher debout sur de longues distances. Ses jambes musclées, et plus souples que celles d'un ours, lui permettaient de sauter très haut. Il prenait un plaisir enfantin à montrer ses exploits à sa mère.

Un immense épicéa poussait près de la tanière. Ses branches les plus basses frôlaient les épaules de Cœur-de-Tonnerre quand elle se tenait à la verticale. Presque tous les après-midi, ils s'arrêtaient sous cet arbre. Faolan était déterminé à toucher les branches en n'utilisant que ses pattes arrière pour sauter.

— Regarde-moi ! Regarde-moi ! jappa-t-il.

Chaque jour il semblait plus près d'atteindre son but.

— Regarde-moi, Cœur-de-Tonnerre ! Tu ne fais pas attention ! lançait-il d'un ton de reproche. J'y suis presque !

Et, un beau jour, il finit par y arriver. Il se retrouva plié en deux sur une branche située juste au-dessus de celle qu'il visait.

— Urskadamus ! s'écria-t-il, stupéfait.

Le juron fit sursauter Cœur-de-Tonnerre.

— Où as-tu appris ça ? demanda-t-elle.

— Ben, de toi ! Tu le dis souvent !

L'ourse se mit à renifler bruyamment.

— Ne te moque pas de moi. Je suis bloqué !

— Tu as sauté trop haut, Faolan. Tu ne faisais pas attention, ajouta-t-elle d'un ton narquois.

— Et comment je fais pour redescendre ?

— Je n'en sais rien, répliqua l'ourse. Je ne me suis jamais coincée en haut d'un arbre, moi.

Faolan lâcha un glapissement aigu.

— Et on ne gémit pas !

Cœur-de-Tonnerre lui tourna le dos et s'en alla comme si de rien n'était. Faolan fixa son large dos avec désarroi.

— Tu vas me laisser comme ça ?

— Tu trouveras une solution, cria-t-elle par-dessus son épaule. Après tout, tu es jeune et intelligent.

Quelques secondes plus tard, elle entendit un bruit de chute étouffé : Faolan était retombé au sol. Il fut bientôt à son côté, remuant la queue.

— J'ai réussi !

Elle baissa la tête et le poussa tendrement du bout du museau.

— Je savais que tu y arriverais !

Bien que le louveteau ait beaucoup grandi durant l'été, Cœur-de-Tonnerre continuait de s'inquiéter. Si elle avait pu le comparer avec un autre louveteau, elle se serait aperçue qu'il était très gros et puissant pour son âge. Il possédait des talents que les loups ordinaires n'avaient pas. Il ne connaissait pas la vie de meute, ce qui le rendait très indépendant. Et depuis qu'il avait découvert le goût de la viande, il était devenu un prédateur redoutable pour tous les animaux à quatre pattes, ainsi que les oiseaux nichant au sol. Plus vif que l'ourse, très rusé, il était parvenu à traquer un caribou blessé et à l'entraîner dans un tunnel étroit. À son arrivée, Cœur-de-Tonnerre avait achevé la proie d'un seul coup de patte. Cette tactique fonctionnait si bien qu'ils l'avaient utilisée à plusieurs reprises depuis.

— J'adore le caribou, déclara Faolan, un jour qu'ils venaient justement d'en tuer un. D'où viennent-ils ?

— De différents endroits, ça dépend des moments. Au printemps, ils descendent des Confins.

— Les Confins ?

— C'est une région située au nord. Rien de tel qu'un bon caribou des Confins au printemps.

— Comment fait-on pour y aller ?

Cœur-de-Tonnerre désigna l'étoile Polaire d'une griffe.

— Tu vois cette étoile ? Il s'agit de l'étoile Polaire, qui indique le nord. Au début du printemps, la constellation du Grand Ours se lève. Elle a une patte pointée vers cette étoile. Il faut marcher dans le prolongement de la dernière griffe de cette patte. Quand tu as l'impression d'être à la même distance de la griffe et de l'étoile Polaire, tu es dans les Confins. J'avais une tanière là-bas autrefois. Un jour…

Comme elle hésitait, l'air troublé, Faolan insista :

— Un jour quoi ?

Cœur-de-Tonnerre resta muette.

— Un jour, nous y retournerons ensemble ? suggéra-t-il.

— Peut-être. Mais je ne suis pas sûre que cette région soit bonne pour les créatures comme toi.

— Comme moi ? répéta Faolan, qui sentit son pouls s'accélérer. Mais ce qui est bon pour toi est bon pour moi.

58

— N'en parlons plus. Mange…

Docile, il commença à déchiqueter leur proie, mais son esprit était ailleurs. Il ruminait ce que l'ourse venait de dire. « Je ne suis pas sûre que cette région soit bonne pour les créatures comme toi. » Il n'aimait pas ce que signifiait cette phrase. Il ne voulait plus jamais l'entendre, ni à voix haute ni dans sa tête.

L'ourse et le louveteau chassaient souvent tard les soirs d'été, ne rentrant qu'au lever des étoiles. Faolan aimait dormir près de l'entrée de la tanière, d'où il pouvait contempler les constellations et écouter les histoires que lui contait Cœur-de-Tonnerre.

L'ourse retraça l'image du Grand Ours du bout de sa plus longue griffe.

— C'est lui qui guide vers Ursulana, le paradis des ours, murmura-t-elle.

Chaque étoile avait sa propre histoire, et chaque animal sa constellation. Faolan était impressionné par tout ce que savait Cœur-de-Tonnerre. Elle désigna, à l'ouest du Grand Ours, la constellation du Loup.

— Elle ne va pas tarder à disparaître. C'est au printemps qu'elle brille le plus fort. Et là, regarde : voilà les Grandes Griffes.

Faolan cligna des yeux tandis qu'un dessin en forme de griffe commençait à se former au-dessus de l'horizon violacé.

— Ce sont elles qui restent le plus longtemps dans le ciel. Elles arrivent au début de l'hiver et ne s'en vont qu'à la fin de l'été. Si un jour tu te rends sur les rivages de la mer d'Hoolemere, tu pourras admirer les jeunes chouettes du Grand Arbre de Ga'Hoole en train de s'entraîner à suivre leur tracé en vol pendant leurs exercices de navigation. Elles l'appellent la constellation des Serres d'Or.

— La mer d'Hoolemere ? Le Grand… comment dis-tu ? Grand Arbre ? La navigation ?

Faolan était perdu.

— Tu es jeune et tu n'as encore rien vu ! s'esclaffa l'ourse. Hoolemere est une vaste mer. Au milieu de cette mer, il y a une île sur laquelle vit un groupe de chouettes. Elles occupent un arbre immense. On les connaît sous le nom de Gardiens de Ga'Hoole. Elles sont très futées.

— Tu veux dire : intelligentes ?

— Oui, très intelligentes.

— Autant que toi ?

— Oh, beaucoup plus ! sourit Cœur-de-Tonnerre. Elles sont capables de voyager partout rien qu'en regardant les étoiles et en observant leurs déplacements. C'est cela, la navigation : se diriger grâce aux étoiles.

— Mais tu m'as parlé de l'étoile Polaire. Toi aussi, tu arrives à te repérer grâce à elle.

— C'est facile : l'étoile Polaire ne bouge jamais. Elle reste accrochée là-haut dans le ciel. C'est mon seul guide. Mais les chouettes utilisent toutes les étoiles, le ciel entier.

— Puisqu'elles volent dedans, dit Faolan, c'est normal qu'elles le connaissent mieux.

L'ourse serra le louveteau contre elle. Par Ursus, qu'il était malin !

Faolan bâilla et ajouta d'une voix somnolente :

— Un jour, peut-être, j'irai jusqu'aux rivages de la mer d'Hoolemere. Peut-être même que je nagerai jusqu'à cette fameuse île. *Hoole...* Il est drôle, ce mot. Qu'est-ce que ça veut dire ?

— Eh bien, soupira-t-elle, certains prétendent que c'est un mot loup et qu'il signifie « chouette ».

Mais Faolan n'entendit pas sa réponse : il s'était déjà profondément endormi entre ses pattes.

À mesure que les jours raccourcissaient, l'obsession de Cœur-de-Tonnerre pour la nourriture augmentait. Elle ne pensait qu'à manger ! Manger tant qu'elle le pouvait encore. Il fallait accumuler assez de graisse pour tenir pendant la période d'hibernation. Bientôt elle devrait partir en quête d'une tanière d'hiver, plus éloignée du fleuve. L'approche de la saison froide l'emplissait de crainte. Elle éprouvait une peur indéfinissable. Les loups rentraient-ils eux aussi dans leur tanière pour dormir pendant des jours, voire des semaines entières ? Comment l'aurait-elle su ? Elle avait passé tous les hivers de sa vie à sommeiller paisiblement. Elle ignorait tout des habitudes des autres animaux à cette époque. Comment pourrait-elle protéger Faolan ? Peut-être devait-elle lui en parler ? Pas maintenant, en tout cas. Cela attendrait.

Le temps était enfin venu où les saumons remontaient le fleuve pour déposer leurs œufs. Cœur-de-Tonnerre et Faolan barbotaient dans des eaux peu profondes où des dizaines de saumons luttaient contre le courant. L'ourse les attrapait dans l'eau, ou au vol lorsqu'ils bondissaient. Les pêcher était un jeu d'ourson.

Faolan s'arrêta soudain et observa Cœur-de-Tonnerre. Elle se tenait face à l'ouest et le soleil couchant donnait à ses yeux des reflets dorés. Comme elle était différente de lui ! Il se sentit plein d'amour pour elle. Lorsqu'il plongeait son regard dans les yeux dorés de Cœur-de-Tonnerre, il se disait que rien ne lui manquait. Son univers était complet. Depuis ce jour où ils avaient rencontré la famille grizzly dans la clairière, il avait refusé de repenser à ce qui le différenciait de sa mère adoptive. Elle avait mentionné les loups quelquefois mais, à part la constellation du Loup dans le ciel, Faolan n'en avait jamais vu. Alors il s'en faisait une idée assez vague.

Ce soir-là, ils passèrent leur dernière nuit dans la tanière près du fleuve. Le lendemain matin, bien avant l'aube, ils partirent pour les hauteurs du Par-Delà, en quête d'un nouveau gîte pour l'hiver.

Au milieu de la matinée, après avoir traversé l'immense prairie, ils atteignirent le pied d'une longue montée. Cœur-de-Tonnerre traînait son corps massif à travers les fougères et les orties. Ils ne tarderaient pas à dépasser la limite des arbres. L'air se raréfiait et le voyage devenait de plus en plus pénible. L'ourse, dont la respiration était mugissante et difficile, s'émerveillait de l'endurance de Faolan. Il semblait infatigable. Sa poitrine s'était élargie, peut-être grâce à ses exercices de sauts qui l'amusaient tant. On avait peine à reconnaître en lui le petit louveteau geignard, qui se roulait dans la terre et jouait la comédie en agitant sa mauvaise patte en l'air quatre mois plus tôt. À présent il galopait devant. Il avait déjà attrapé une marmotte et n'en avait fait qu'une bouchée. Son museau était encore rouge de sang.

Les journées s'étaient considérablement raccourcies et vers la fin de l'après-midi, tandis que les longs rayons du soleil couchant effleuraient l'herbe, Cœur-de-Tonnerre trouva un endroit convenable. Elle repéra un gros rocher et, avec l'aide de Faolan, elle se mit à gratter la terre à sa base. Les pattes de la femelle étaient beaucoup plus grosses, mais le loup, arc-bouté sur les huit doigts de ses pattes arrière, creusait furieusement avec les dix doigts de ses pattes avant. L'ourse ne cessait de s'étonner de ce que pouvaient accomplir des griffes aussi minuscules.

Ils creusaient depuis peu de temps quand ils se heurtèrent à une surface dure. Faolan leva des yeux surpris et s'arrêta net, tandis que Cœur-de-Tonnerre, tout excitée, redoubla ses efforts. Elle avait déjà entendu ce « kaa-kaa » creux. Une minute plus tard, elle grognait de plaisir. Ils avaient découvert un champ de lave, avec des tunnels naturels creusés par les coulées d'un volcan désormais éteint. Sur le côté d'un de ces tunnels, un renfoncement gardait la chaleur et maintenait l'endroit sec.

— C'est parfait ! déclara-t-elle en regardant autour d'elle. Parfait.

— Parfait pour l'hiver ? demanda Faolan, qui avait l'impression que sa mère ne lui disait pas tout.

La femelle le regarda d'un air très sérieux.

— Je dois t'expliquer quelque chose, mon petit.

Le louveteau sentit la peur renaître au fond de son ventre. « S'il te plaît, ne reparle pas des loups. Pas les loups ! »

— J'ignore ce que font les loups, mais les ours dorment pendant tout l'hiver. Notre cœur se met à battre plus lentement.

— Le mien aussi ! Le mien aussi ! s'écria Faolan, alors même que son pouls s'emballait.

— Non, Faolan, pas le tien.

— Mais je suis comme toi, Cœur-de-Tonnerre.

— Non, tu es différent. Je sens que tu ne vas pas dormir aussi profondément que moi.

— Je vais essayer. Je te le promets !

— Tu pourras essayer aussi fort que tu voudras, ça ne changera rien. Tu vas probablement t'ennuyer ici.

— Oh non ! Non ! J'adore te regarder dormir.

Elle leva une patte pour le faire taire.

— Attends et écoute. Tu es grand, maintenant. Tu vas avoir faim. Ce que je veux te dire, tout simplement, c'est que si tu as faim ou que tu t'ennuies, tu as ma permission pour sortir. Ça grouille de lapins des neiges par ici. Eux ne dorment pas, j'en suis certaine.

Faolan se fâcha soudain.

— Tu veux dire que je suis comme les lapins des neiges ? Tu me demandes d'aller jouer avec des lapins ? s'exclama-t-il, la voix bouillante d'indignation.

— Faolan ! rugit l'ourse. Arrête tes bêtises ! Je te propose de sortir tuer le lapin quand tu auras faim, et de le manger. Pas de jouer avec !

— Oh ! répondit doucement le louveteau, qui commençait à comprendre.

## CHAPITRE HUIT

# DANS LA TANIÈRE D'HIVER

Peu de temps après s'être installée dans sa tanière d'hiver, Cœur-de-Tonnerre commença à ralentir ses mouvements. Au début, elle enchaînait de brèves siestes, entre lesquelles elle demandait à Faolan de sortir traquer les lapins et les marmottes le long de la grande pente. Elle voulait qu'il s'habitue à chasser seul. Après les premières chutes de neige, il devint de plus en plus difficile de la tirer du sommeil dans lequel elle semblait s'être emmitouflée. Elle dormait si profondément que, ainsi qu'elle l'avait expliqué à Faolan, son cœur s'était mis à battre tout doucement. Un profond silence l'enveloppait et semblait la couper du monde.

Ce silence perturbait beaucoup Faolan. Les « boum boum » du grand cœur de sa mère l'avaient bercé depuis toujours. Ils étaient ses tout premiers souvenirs. Il ne comprenait pas comment elle pouvait dormir autant. Et, tandis que le pouls de l'ourse ralentissait, le sien ne cessa de s'accélérer.

Dehors, plus la couche de neige épaississait, plus Faolan s'amusait. Il adorait bondir dans les congères et provoquer de grandes explosions blanches et poudreuses. En bas, dans la prairie, une surface plate et dure s'était formée. Comme il aimait se laisser glisser dessus et déraper ! Les gros lièvres des neiges n'avaient plus de secrets pour lui et il trouvait leur viande délicieuse.

Il aimait tout dans l'hiver.

Chaque jour était un peu plus court que le précédent, chaque nuit un peu plus longue. Un soir, Faolan entendit un son nouveau, mystérieux et pourtant étrangement familier – un hurlement long et mélodieux qui se déployait dans les ténèbres comme une bannière éclatante. Profondément ému, il ne put se retenir de hurler en retour. À sa grande surprise, il comprenait parfaitement le message du hurlement. Il disait : « Je suis ici avec ma compagne. Nos frères et sœurs sont rentrés. Dans une lune, quand reprendra la saison des accouplements, nous partirons. » Seuls certains mots lui semblaient bizarres. Une « sœur » ? Un « frère » ? Qu'est-ce que c'était ?

Pendant tout un cycle de lune, il sortit chaque soir écouter les loups. Il interprétait de mieux en mieux leurs paroles. Toutefois, malgré sa curiosité grandissante, il n'osait pas s'approcher. Car il y avait un avertissement à comprendre dans chacun de leurs messages : « Ceci est notre territoire. Interdiction d'entrer. » Cet avertissement était aussi clair que n'importe quelle empreinte odorante. À la fin du cycle lunaire, les hurlements cessèrent. Les loups étaient partis, comme ils l'avaient promis.

Pour la première fois de sa vie, Faolan se sentit vraiment seul. La nuit de la nouvelle lune, il rentra à la tanière et regarda Cœur-de-Tonnerre. « Pendant combien de temps va-t-elle encore dormir ? » s'interrogea-t-il. Elle ne dormait plus assise, mais allongée sur le flanc. Il se pelotonna à son côté et écouta les pulsations lentes de son cœur. « Si lentes, si lentes », pensa-t-il.

Puis vint un jour où l'obscurité à l'entrée de la tanière se dissipa et Faolan détecta même une discrète accélération dans le pouls de sa mère. « Peut-être que cette période de solitude se termine », se dit-il, plein d'espoir.

Faolan poursuivait ses incursions dans la prairie pour chasser les marmottes et les lièvres des neiges. Un matin, il décida de s'aventurer un peu plus loin que d'habitude. La chaleur s'installait et de grandes plaques de glace glissaient le long des pentes, révélant une herbe brunâtre. C'était une magnifique journée pour chasser et il ne prêta pas attention aux nuages d'orage qui se rassemblaient à l'ouest, sur l'horizon.

Pendant ce temps, à l'intérieur de son tunnel, Cœur-de-Tonnerre frémit. Il était beaucoup trop tôt pour cesser d'hiberner, mais elle percevait une absence, un vide angoissant. L'inquiétude la poussa à émerger de son sommeil paisible.

Elle savait pourtant qu'il était risqué pour elle de quitter son refuge à ce moment-là. L'hiver n'avait pas encore dit son dernier mot. Le temps pouvait tourner en un clin d'œil. Elle était faible, et ses réflexes étaient lents. Elle courait plusieurs dangers dehors, dont celui de croiser un autre ours aussi affamé qu'elle. Les territoires n'ayant pas encore été marqués, les rencontres donnaient lieu à des combats inévitables en cette saison. Cœur-de-Tonnerre avait beau être consciente de tout cela, elle fut si terrifiée quand elle découvrit que Faolan était sorti qu'elle décida de partir à sa recherche sans tarder. Dans sa confusion, elle oublia qu'elle lui avait donné elle-même la permission d'aller chasser.

En se traînant hors de la tanière, elle retint son souffle. Une tempête de neige venue de l'ouest avait éclaté, jetant un voile blanc opaque sur le monde. Toutes les pistes étaient effacées. On ne distinguait pas même un vague halo dans le ciel à l'emplacement de l'étoile Polaire. Tant pis, elle devait retrouver le louveteau. Elle connaissait son odeur. Le vent ne pourrait pas complètement la recouvrir. Peut-être avait-il marqué son territoire de chasse ? Elle était si désespérée ! Et si déboussolée…

Le monde entier avait disparu sous une blancheur impénétrable. Faolan parvint cependant à localiser la tanière. Il fut choqué de la trouver vide. Cœur-de-Tonnerre s'était-elle enfoncée plus loin dans ses galeries quand la tempête avait commencé à souffler ? Il explora brièvement les tunnels mais il connaissait l'odeur de l'ourse et il sentait bien qu'elle n'était plus là. Il fit les cent pas en essayant de comprendre ce qui avait pu lui arriver ou lui passer par la tête. Elle semblait s'être envolée. « Elle ne m'aurait pas abandonné… Non, jamais. Elle ne m'abandonnerait pas comme ça. » Faolan frissonna violemment. Les poils qui lui couvraient le cou et le dos se dressèrent tout droits. Un souvenir lointain, très lointain, luttait pour resurgir à la surface de sa conscience. « Elle reviendra, se raisonna-t-il. Il le faut ! »

Il attendit toute la nuit, ainsi que le jour suivant, sans prêter attention aux gargouillements de son estomac vide. Il ne se souciait pas de manger. Il ne voulait qu'une chose : être avec Cœur-de-Tonnerre. La tanière était si silencieuse sans elle et sans les battements de son énorme cœur. Il ne pouvait pas vivre sans ce bruit. Il ne connaissait que cela, il n'avait jamais rien connu d'autre. Il fit un pas hors de la tanière et se mit à hurler dans la tempête.

Et tandis qu'il hurlait son amour pour la femelle grizzly, un étrange tremblement monta des profondeurs de la terre gelée, du centre même de la terre. Au début, c'était juste des frissons, de faibles vibrations, mais en enfonçant sa patte dans la couche de neige, Faolan sentit les tremblements timides devenir peu à peu plus marqués, puis formidablement puissants. Quelques secondes plus tard, on aurait dit que le champ de neige entier trépidait sous ses pattes. Il vit la cascade gelée craquer et revenir soudain à la vie. Un tremblement de terre !

Mais c'est à la mort qu'il pensa en assistant à cet incroyable spectacle. Car il venait de comprendre avec une certitude oppressante qu'il était arrivé quelque chose d'horrible à Cœur-de-Tonnerre.

# CHAPITRE NEUF

## UN SOUVENIR FUGACE

À l'autre bout du Par-Delà, la louve Morag vivait au sein de sa nouvelle meute. Elle s'était trouvé un compagnon et avait donné naissance à une portée de louveteaux sains. Personne ne connaissait son histoire et, en fait, elle l'avait presque oubliée elle-même. À la minute où l'Obea s'était éloignée avec le louveteau dans la gueule en direction du *tummfraw*, le lieu où l'on abandonnait les nouveau-nés malformés, Morag avait commencé à essayer d'oublier. Elle devait apprendre à se protéger et s'endurcir pour continuer à vivre après un tel drame. Ses plaies s'étaient refermées, cicatrisées.

Morag était à présent accaparée par un trio de louveteaux roux et pleins de vie. Âgés de presque un cycle lunaire, ils exploraient la louvière, les babines retroussées sur leurs dents de lait. De plus en plus audacieux, ils cherchaient à atteindre la lumière blanche qui brillait au bout du tunnel de la tanière. Leur papa faisait ce qu'il pouvait pour les obliger à rester à l'intérieur. Bientôt, ils auraient la permission de découvrir le monde du dehors sous la surveillance attentive de leurs parents. Ils commenceraient alors à manger de la viande. Ensuite ils arrêteraient le lait et toute la famille s'en irait pour une autre tanière, plus proche de celles des autres membres du clan MacDonegal.

Morag avait décidé ce jour-là de laisser son compagnon se charger seul de la portée et de parcourir le territoire MacDonegal à la recherche d'une tanière appropriée. Le gros de la tempête était passé, mais le vent soufflait encore. Il y avait eu de lourdes chutes de neige sur la frontière entre le Par-Delà et les Confins, et ici, plus au sud, des averses de pluie et de neige fondue. Cependant le ciel s'éclaircissait à l'ouest, annonçant un temps plus clément.

Morag marchait d'un pas tranquille en longeant le lit d'un ruisseau. Le tremblement de terre avait entièrement changé le paysage. De gros rochers étaient tombés de la montagne, coupant le ruisseau à plusieurs niveaux. Quelques petites mares s'étaient ainsi formées. Ce n'était plus si simple de s'y retrouver. Après plusieurs heures de voyage, Morag s'aperçut qu'elle s'était éloignée du territoire MacDonegal et elle bifurqua en direction de la rivière qui s'écoulait vers les Confins.

Elle venait juste de plonger les pattes avant dans une mare peu profonde quand elle le remarqua. Un petit galet poli par l'eau, d'un noir étincelant, attira son attention. Il scintillait, telle une petite lune sombre sous la surface. En l'examinant de plus près, elle discerna un motif de lignes en spirale. Comme une sorte de tourbillon, ou de volute qui s'enroulerait à l'infini. Il y avait quelque chose de vaguement hypnotique dans ce dessin. Mais surtout, il éveillait un souvenir confus dans la mémoire de Morag. Profondément troublée, les pattes raides, elle renversa la tête et poussa un long hurlement.

Alors qu'elle guettait la réponse d'autres loups, elle entendit un son rauque. « Kraa ! kraa ! » C'était l'appel d'un corbeau. Il communiquait l'emplacement d'un animal mort et réclamait de l'aide. Sans les crocs acérés des loups pour déchirer le cuir épais de certains animaux, ces oiseaux restaient sur leur faim. En temps normal, ce cri aurait excité Morag. Et si ses louveteaux l'avaient accompagnée, elle aurait pu leur donner une leçon intéressante. Pourtant, sans qu'elle puisse s'expliquer pourquoi, elle eut un mouvement de recul.

Ses yeux étaient attirés par le motif mystérieux gravé sur le galet poli. « Qu'est-ce que ça signifie ? Qu'est-ce qui me hante ainsi ? »

Un deuxième croassement déchira l'air. Morag fit quelques pas hésitants vers la rive.

Dès qu'elle eut quitté le ruisseau, elle repéra deux corbeaux en train de voler en cercle tout près de là. Dans une clairière gisait l'immense carcasse d'un grizzly. Morag la fixa, incrédule. Pourquoi un grizzly serait-il descendu aussi bas vers le sud à cette époque de l'année ? Pourquoi cette femelle n'était-elle pas en train d'hiberner dans sa tanière d'hiver ?

Elle tourna la tête au nord, puis à l'ouest et scruta la frontière naturelle formée par la chaîne de montagnes basses entre le Par-Delà et les Confins, où les grizzlys se réfugiaient souvent l'hiver. Elle savait qu'il n'était jamais bon pour un ours de sortir trop tôt de sa tanière.

Morag s'approcha du cadavre étendu sur le flanc. À première vue, l'ourse ne portait pas de traces de blessures reçues au combat. Elle marcha lentement autour du corps et finit par remarquer une terrible entaille à la tête, près de l'oreille. Les corbeaux avaient déjà arraché quelques lambeaux de chair autour. Un os saillait de son dos, brisé en plusieurs endroits. Morag leva les yeux en se demandant ce qui avait pu lui faire ça. Un immense rocher taché de sang avait roulé non loin de là. Le tremblement de terre, bien sûr ! Le rocher était sans doute tombé de la montagne et l'ourse avait eu le malheur de se trouver sur son chemin.

Les deux corbeaux, perchés sur la hanche de l'ourse, attendaient avec impatience d'entamer leur festin. Mais Morag avait perçu une autre odeur mêlée au fumet de l'ourse. Tous les mauvais souvenirs qu'elle avait si soigneusement essayé d'oublier commençaient à lui revenir.

Très agitée, elle se mit à courir nerveusement autour de l'ourse, enfonçant son museau dans sa fourrure épaisse. Les corbeaux protestaient bruyamment, déconcertés. Que fabriquait donc cette louve ?

Une odeur familière se dégageait du pelage dense. Les poils du collier de la louve se hérissèrent. Elle connaissait ce parfum. Le louveteau de l'année passée ! C'était le petit malcadh que l'Obea lui avait pris, celui qui avait une patte tournée en dehors et marquée par un motif en spirale !

Chaque seconde de ce triste moment revint brusquement à sa mémoire. L'Obea l'avait forcée à rentrer au clan avec ses deux autres louveteaux pour entendre la sentence du bannissement. Pendant un cycle de lune entier, chaque nuit, elle avait scruté le ciel. Elle cherchait dans les étoiles ce qu'on appelait le sentier des esprits, et qui conduisait à Lupus, le Grand Loup, et à la grotte des âmes. Elle guettait le *lochinmorrin*, le moment où son louveteau enlevé remonterait le sentier des esprits. Elle voulait s'assurer qu'il trouverait la paix dans la grotte des âmes. Mais le lochinmorrin n'était jamais venu.

Alors il n'était pas mort ! Elle s'assit près de la carcasse de l'ourse et appuya sa tête contre ses côtes. Elle comprit. Cette femelle s'était occupée de son louveteau. Elle n'enfoncerait pas ses dents dans sa chair. Elle la veillerait toute la nuit et ne laisserait aucun prédateur s'approcher d'elle. Ce serait un témoignage de respect. Même si Morag n'avait pas tué cette femelle grizzly, elle sentait qu'il était de son devoir de lui rendre hommage, car elle avait élevé un louveteau comme son propre ourson. Le *lochin*, l'âme, de cette magnifique ourse rejoindrait les étoiles ; il suivrait le sentier des esprits jusqu'au paradis des ours. C'était bien le moins que Morag pouvait faire pour celle qui était devenue la mère de lait de son petit.

# DEUXIÈME PARTIE
## LES CONFINS

# CHAPITRE DIX

# La forêt de Givre

Cela faisait des jours que la terre avait cessé de trembler. Le paysage s'était totalement modifié. La cascade s'était libérée de la glace. D'immenses rochers avaient brusquement surgi là où il n'y avait rien auparavant. Des crevasses béantes traversaient les champs de neige. Le lendemain du tremblement de terre, Faolan avait vu un élan se volatiliser. Il avançait sur une plaine dégarnie d'arbres et tout à coup… pouf ! il avait disparu. Intrigué, le jeune loup s'était approché avec prudence. En suivant un sillon, qui ressemblait au départ à une simple ligne dans la couche de neige, il était arrivé à une fourche où la fissure s'élargissait et se transformait en une profonde crevasse. L'animal s'était écrasé au fond du précipice. Faolan l'entendait mugir de douleur. Le loup s'immobilisa en prenant conscience qu'il se tenait au milieu de centaines de petits sillons, qui cachaient en réalité des crevasses mortelles. Cœur-de-Tonnerre avait-elle été engloutie par la terre, comme l'élan ? Soudain, il se sentit faible.

Pourtant, il y avait une idée qu'il redoutait encore plus que la mort de Cœur-de-Tonnerre : qu'elle l'ait abandonné volontairement. Ils avaient discuté quelquefois, la nuit, de ce matin où elle l'avait trouvé dans le fleuve mais, en général, la conversation tournait court. Faolan n'osait pas imaginer que sa mère louve ait pu tenter de le noyer. Alors il pensait que l'histoire de sa vie commençait par un terrible accident, suivi d'un dénouement heureux : en somme, il n'avait pas été *abandonné* ; on l'avait *recueilli*. Cœur-de-Tonnerre l'avait recueilli.

Toutes les questions qu'il évitait de se poser jusqu'alors revenaient à son esprit ce jour-là. L'avait-on condamné à mourir lorsqu'il n'était qu'un nouveau-né ? Cœur-de-Tonnerre l'avait-elle abandonné à son tour parce qu'il n'appartenait pas à son *espèce* ? Ce mot affreux lui donnait la nausée.

Subitement, il se rappela quelque chose que lui avait dit Cœur-de-Tonnerre. Ils étaient en train de parler des Confins. Elle avait déclaré que le goût du caribou des Confins au printemps n'avait pas son pareil et qu'elle avait eu une tanière là-bas, autrefois. Quand Faolan lui avait demandé s'ils pourraient y retourner ensemble, elle avait répondu :

— Peut-être. Mais je ne suis pas sûre que cette région soit bonne pour les créatures comme toi.

« Bien sûr ! songea Faolan. Voilà où elle est allée. » Elle ne l'avait pas délaissé. Elle était seulement partie chasser le caribou avec l'intention de lui rapporter sa proie.

Il chemina avec précaution à travers le labyrinthe de fissures cachées par la neige jusqu'à leur tanière d'hiver.

Au bout de quelques jours, comme elle n'était toujours pas rentrée, Faolan décida donc de quitter le champ de neige et de se diriger vers le nord, vers les Confins, pour la retrouver. Il se fichait de savoir si la région était accueillante pour un loup. Il avait besoin de Cœur-de-Tonnerre. Il lui suffisait de repérer la constellation du Grand Ours, et de suivre la direction indiquée par la dernière griffe de sa patte arrière, celle qui pointait vers l'étoile Polaire.

Faolan se préparait à un long voyage, mais il était bien décidé. En chemin, il chercha des abris. Ils ne lui paraissaient jamais aussi jolis ni aussi confortables que ceux qu'il avait partagés avec Cœur-de-Tonnerre, bien entendu. Il leur manquait le son rythmé des battements de cœur de l'ourse.

Il s'éveilla d'une courte sieste dans une grotte. Un cycle de lune s'était écoulé depuis la disparition de Cœur-de-Tonnerre. Même si les températures montaient, il restait des étendues enneigées au nord. Il fut surpris de constater que les arbres changeaient à mesure qu'il progressait dans son périple, les feuillus étant remplacés par des conifères aux aiguilles vert foncé. Cœur-de-Tonnerre aimait tellement manger les cônes de pin. Faolan se demanda s'il s'approchait de la frontière des Confins.

Puisqu'il faisait plus froid ici, les arbres gardaient leur manteau de givre plus longtemps. Tandis qu'il se faufilait entre les troncs serrés, Faolan contemplait les aiguilles hérissées de minuscules étoiles de givre qui enveloppaient le bois d'un éclat irréel. Parfois, la nuit, il entendait les hurlements des loups. Très excité au début, il s'était vite rendu compte que ces hurlements, comme les arbres, n'avaient plus rien à voir avec ceux du Par-Delà. Leurs cris évoquaient plutôt des grondements féroces et primitifs. Il ne se sentait pas plus de liens avec ceux qui les poussaient qu'avec la marmotte qu'il avait tuée quelques nuits auparavant.

Le jeune mâle savait avec certitude qu'il était entré dans les Confins à présent. Pourtant il n'avait toujours pas détecté la moindre odeur de grizzly. Frustré et malheureux, il éprouvait une nostalgie douloureuse pour sa vieille tanière d'été près de laquelle poussaient les lis des glaciers et les iris bleus.

Les jours commencèrent à rallonger et, plus ils rallongeaient, plus ils étaient monotones. Faolan marqua soigneusement son territoire de son odeur dans l'espoir que Cœur-de-Tonnerre le retrouverait. Mais elle ne revint pas.

Le loup continua pourtant à guetter son retour. Il se remémorait sa mère ourse très clairement. Mais en attendant, il fallait bien vivre. Il devait trouver de la viande. Manger et s'engraisser comme elle le lui avait appris, afin d'être prêt à affronter la rigueur de l'hiver suivant.

La solitude de son quotidien s'accentua. Au fond de lui, un vide semblait se creuser peu à peu. Un matin, il passa à côté d'un arbre frappé par la foudre. Son tronc était couvert de profondes balafres noires. Ses branches, devenues grises et squelettiques, avaient perdu leurs aiguilles. En le contemplant, Faolan s'aperçut qu'il était exactement comme lui. Il tenait toujours debout, mais pour quoi faire ? Ce n'était pas une vie.

Faolan, qui préférait chasser la nuit, regrettait de voir l'obscurité diminuer. Il savait qu'elle finirait par disparaître complètement, pendant une saison entière. Cœur-de-Tonnerre l'avait prévenu que cela arrivait dans les Confins.

Quand ce phénomène se produisit, Faolan était à la poursuite d'un couguar. Cœur-de-Tonnerre lui avait raconté que, juste avant leur rencontre, l'un d'eux avait tué son ourson. Les couguars étaient dangereux. L'ourse avait dit à Faolan qu'il lui faudrait du temps avant de pouvoir se mesurer à un couguar. Mais il se sentait prêt à présent. Il s'était inventé une étrange logique : « Si je tue le couguar qui a pris son ourson, se disait-il, peut-être qu'elle me reviendra. »

Il avait suivi la piste de l'animal depuis l'aube jusqu'à la fin du jour. Sa deuxième journée de traque était déjà bien entamée quand le couguar montra ses premiers signes de fatigue. La distance entre le loup et sa proie se réduisait. Mais Faolan percevait, tout près, la présence de créatures qui le suivaient depuis un bon moment avec persévérance.

Faolan avait l'esprit assez vif pour se concentrer sur le couguar tout en restant sur ses gardes.

Il avait entrevu brièvement les animaux qui le surveillaient, deux taches fauves derrière un fourré de fougères. Des loups. Ils ne le forceraient ni à abandonner sa piste, ni à se jeter trop tôt sur sa proie. « Ils veulent cette viande, eux aussi, se dit-il. Mais je ne suis pas un corbeau ! Je ne mangerai pas en deuxième. »

Le couguar s'était arrêté et dévorait tranquillement un lièvre. Il était un peu plus grand que le jeune loup, plus court sur pattes et plus fin. Faolan avait pris soin de se positionner sous le vent de sorte que son odeur n'allait pas jusqu'à lui. Il l'avait suivi si habilement que le gros chat ignorait complètement qu'il avait un prédateur à ses trousses.

Faolan s'avança en rampant. Il ne se trouvait plus qu'à un bond de distance quand un changement de vent soudain alerta le félin. Il vit ses narines frémir ; une fraction de seconde plus tard, il avait détalé. La terre défilait à toute vitesse sous les pattes du couguar. Mais Faolan ne se laissa pas distancer. « Je vais te tuer et te manger, se dit-il. Je vais m'engraisser de ta viande, toi qui as dévoré l'ourson de Cœur-de-Tonnerre ! » Le choc sourd de ses pattes sur le sol lui rappela les battements de cœur de l'ourse et il ne pensa plus à rien d'autre. Il avait presque rattrapé le couguar quand celui-ci sauta dans un arbre.

L'espace d'un instant, Faolan crut revoir la silhouette majestueuse de Cœur-de-Tonnerre se découper sur un soleil aveuglant. Elle agitait une branche et des feuilles vert vif tombaient en tourbillonnant. Il s'élança. Le couguar poussa un cri. Faolan le saisit à la patte et le fit tomber de sa branche.

Jamais un félin n'avait été renversé de cette manière. Stupéfait, le couguar ne put réagir. Faolan planta ses crocs sous sa mâchoire, comme Cœur-de-Tonnerre le lui avait montré.

Puis son instinct lui commanda de faire une chose surprenante. Il desserra ses canines et regarda l'animal droit dans les yeux. Ils se fixèrent l'un l'autre pendant plusieurs secondes.

— Tu es un noble animal, murmura Faolan, ta vie est précieuse et elle me donnera de la force.

L'éclat du regard du couguar diminua peu à peu, mais une dernière lueur l'illumina. Un message silencieux passa entre les deux bêtes : « Je te fais don de ma vie. Que ma viande te nourrisse. »

# CHAPITRE ONZE

# UN MONDE CRUEL

Faolan entendit un bruissement dans les broussailles. Il dressa la tête.

Deux loups sortirent d'un taillis. Faolan découvrit enfin à quoi ils ressemblaient, lui qui n'en avait jamais aperçu en dehors de son propre reflet. Il fut abasourdi. « Ils sont comme moi et… si différents à la fois. » Plus vieux que lui, ils paraissaient pourtant beaucoup moins gros. Leur pelage clairsemé dévoilait de nombreuses cicatrices. C'étaient des mâles. Le premier était gris sombre, l'autre brun-roux. Il manquait un œil au deuxième et ses poils ne repoussaient plus sur presque la moitié de sa tête. Faolan comprit en remarquant les traces de griffures que la blessure avait été infligée par un autre loup. Quel genre d'animal attaquait les siens ?

De longs fils de bave argentés dégoulinaient de leurs babines noires. Ils s'approchèrent de Faolan et du couguar. Faolan, qui protégeait jalousement la carcasse, se mit à gronder. Ils s'observèrent un moment. À l'évidence, les deux inconnus ne formaient pas une équipe. Ils ne coopéraient pas, comme Cœur-de-Tonnerre et lui avaient pu le faire par le passé, combinant la vivacité du loup et la puissance du grizzly. Ils n'avaient pas de stratégie.

L'intelligence tactique était du côté de Faolan. « Ils veulent ma viande, se dit-il, mais je ne la laisserai pas. Ils devront se battre contre moi. Leur problème, c'est qu'ils ne savent pas se battre ensemble. Et c'est grâce à cela que je vais les distraire. »

Il arracha un morceau de viande et le jeta en l'air. Les deux loups bondirent pour l'attraper et retombèrent accrochés l'un à l'autre en une masse confuse et grondante. Faolan sauta haut et retomba sur eux de tout son poids. Il y eut un bruit sec et sonore, puis un hurlement. Le mâle gris foncé semblait cassé en deux. Le choc lui avait brisé l'épine dorsale. Il mourut presque sur le coup.

Le loup roux recula. Il grognait et balançait la tête ; son unique œil roulait nerveusement, allant du loup gris au bout de viande, et du bout de viande à Faolan.

Ce dernier se tenait la tête haute, les oreilles droites, les poils du collier hérissés. Il fit un pas, l'air menaçant. L'autre se recroquevilla et retroussa les babines. Il semblait terrorisé, mais son œil ne cessait de se poser sur le morceau de chair fraîche et sur son compagnon. Faolan s'impatienta. Il banda ses muscles et, alors qu'il s'apprêtait à bondir, son rival se précipita sur le loup gris et le tira derrière les broussailles.

Faolan ne comprenait pas. Pourquoi emporter le cadavre d'un ami ? Il tendit l'oreille, croyant distinguer le bruit de la chair déchirée. « C'est impossible ! » Il se dirigea en silence vers les arbustes épineux et regarda à travers les branches.

Le loup roux était si occupé à manger son ancien compagnon qu'il ne remarqua même pas la présence de Faolan. Quand il finit par lever les yeux, il recula, non parce qu'il avait honte, mais de peur que Faolan ne lui vole son repas !

Faolan repartit vers le couguar avec une seule pensée à l'esprit : « Dans quel monde suis-je donc tombé ? »

# CHAPITRE DOUZE

# LES BARBARES

Apeuré, le ventre lourd, le loup roux et borgne cheminait à travers un labyrinthe d'odeurs. D'où venait ce loup argenté ? Il était énorme, et formidablement puissant. Il avait une poitrine d'une largeur démesurée et même sa patte tournée en dehors possédait une force extraordinaire. Quelle chance pour lui que le loup gris se soit trouvé au-dessus lorsque l'autre avait sauté !… Il ne voulait plus rester seul. Il devait se trouver une bande, au moins pour un moment.

Les loups des Confins étaient uniques au monde. Sans foi ni loi, ils ne respectaient aucun des codes de conduite qui gouvernaient la vie des clans et des meutes. On les considérait souvent comme des barbares. Les notions d'honneur et de loyauté, primordiales pour les loups du Par-Delà, n'existaient pas chez eux. L'agressivité et la jalousie étaient leurs seules motivations. L'instinct

de survie était leur seul instinct. Ils étaient inca-
pables de chasser ou de cohabiter dans l'esprit
de la meute.

Morb, le loup borgne, était bien un loup des
Confins. Il avait traversé la rivière à la nage pour
se laver du sang du loup gris, car s'il tentait de
se joindre à un groupe avec cette odeur sur lui,
il pourrait éveiller les soupçons. Si un loup la
détectait malgré ses précautions, il pourrait toujours prétendre avoir participé à un *craw*, un
combat à mort entre deux animaux.

Pendant qu'il marchait sous le feuillage dense
de la forêt, Morb crut sentir plusieurs odeurs de
loups mélangées et il ne lui vint pas à l'esprit
qu'il pouvait y avoir parmi elles celle du loup
qu'il craignait tant. Il pensa qu'une bande rôdait
sans doute pas très loin.

Bientôt il entendit des aboiements et des hurlements excités. Un craw ! Un duel entre un
bœuf musqué et une vieille femelle élan.

Faolan s'approcha à pas feutrés. Sidéré, il
regardait les loups se presser autour du bœuf
musqué et de l'élan, les excitant tour à tour pour
les obliger à charger. Une des cornes du bœuf
musqué était cassée et pendait devant son visage.
L'élan femelle boitait. Prête à mourir, elle plia les

genoux mais une grande louve la harcela jusqu'à ce qu'elle se remette debout. Cela semblait ravir les spectateurs.

Faolan resta debout dans la pénombre, tremblant de dégoût devant cette vision d'horreur, la fourrure hérissée. N'importe quel loup aurait été épouvanté par son aspect. Par sa taille. Par la lueur d'intelligence au fond de ses yeux verts et brillants.

Il hésita à foncer tête baissée et à disperser les loups. Mais il risquerait sa propre vie et à quoi bon ? Non, même si ces barbares ne lui faisaient pas peur, moins il aurait affaire à eux, mieux il se porterait.

En s'éloignant, il repensa aux longs hurlements mélodieux qu'il avait entendus devant la tanière d'hiver de Cœur-de-Tonnerre. Il en venait à se demander s'il ne les avait pas rêvés. Les cris de ces barbares étaient comme des éclats d'os qui écorchaient le ciel. Il refusait de croire que les loups qui avaient chanté cette musique si belle pouvaient appartenir à la même espèce que ceux-ci. Mais, après tout, que savait-il des loups, lui qui avait grandi auprès d'une femelle grizzly ? Au bout du compte, il avait plus de choses en commun avec une ourse qu'avec n'importe quel loup. Pourquoi ne se rapprochait-il pas des grizzlys qui vivaient le long du fleuve ? Peut-être trouve-rait-il une tanière d'été au-dessus des rives parse-mées de lis des glaciers et d'iris bleus…

Il se sentait si seul ! La solitude était comme un creux en lui, une énorme bulle vide qui ne le quittait jamais. C'était l'espace que Cœur-de-Tonnerre aurait occupé à ses côtés si elle n'était pas partie, le silence qu'elle aurait rempli de ses souffles bruyants et de ses grognements, du martèlement de ses pattes de géante et des battements de son cœur. Comment une absence pouvait-elle être aussi lourde à porter ? Les loups du Par-Delà pourraient-ils jamais combler ce vide ?

Faolan longea la rivière qui conduisait au Par-Delà. En chemin, il rêva de jolies tanières d'été et d'après-midi tranquilles consacrés à la pêche au saumon. « Je pourrai peut-être apprendre à des oursons à pêcher ! » se dit-il.

Il voyageait depuis quelques jours quand il remarqua que la lumière déclinait peu à peu et que la nuit revenait. C'était toujours le plein été ; il reconnaissait les fourrés de mûres sucrées qui poussaient à cette saison. La frontière ne se trouvait sans doute plus très loin.

Faolan aperçut une ouverture sombre face à lui. Une grotte ! Une belle grotte, parfaite pour un gros animal comme Cœur-de-Tonnerre. Bizarrement, elle semblait inoccupée. Il ne détecta l'odeur d'aucune créature. La lune se levait à peine lorsqu'il pénétra à l'intérieur. Un pâle rayon argenté trouait l'obscurité. Faolan crut discerner l'image d'un animal à quatre pattes surgissant du mur de pierre. Au-dessus de lui, une chouette battait des ailes. Il entendit le souffle d'une foule d'animaux, des bruits de sabots et des bruissements d'ailes. La paroi rocheuse était en train de prendre vie sous ses yeux.

# CHAPITRE TREIZE

# L'Obea

« Combien ? Combien y en a-t-il eu avant celui-ci ? » s'interrogeait l'Obea Shibaan en emportant le louveteau dans sa gueule.

Il ne vivrait pas longtemps. Il était né tard, presque au milieu de l'été, avec seulement la moitié d'une patte arrière. De plus, il respirait mal. L'Obea se sentait lasse et pleine d'amertume. Sans trop en comprendre la raison. « Pourquoi moi ? Pourquoi moi ? » Cette même plainte revenait, encore et toujours, comme un refrain qui ne cessait de souffler dans son esprit.

Elle se rappelait l'époque où elle avait commencé à se douter qu'elle était stérile. Ses compagnons loups l'avaient quittée, l'un après l'autre, parce qu'elle n'arrivait pas à leur donner des petits. Quand le troisième était parti, elle avait changé de meute au sein du clan.

Elle était allée de meute en meute, jusqu'à ce qu'elle soit forcée de changer de clan. Les MacDuncan l'avaient alors accueillie. Elle avait attiré l'attention d'un gros loup noir, Donegal MacDuncan. Lorsqu'il avait compris qu'elle ne pouvait pas porter de petits, il était allé lui-même demander au chef, Duncan MacDuncan, si elle pouvait devenir Obea. Ce dernier lui avait fait la gentillesse d'accepter.

L'Obea avait une place à part dans un clan. Elle ne possédait pas de rang. Il n'existait donc pas de formule pour la saluer. Elle n'avait pas de position attitrée dans l'ordre de partage de la nourriture. Elle vivait à côté du groupe. Les autres l'évitaient. Surtout les femelles. Shibaan savait qu'elles disaient du mal d'elle. Certaines lui trouvaient une odeur particulière. Quand elles étaient grosses d'une nouvelle portée, elles lui jetaient des regards furtifs. Quelques-unes la soupçonnaient de pouvoir regarder à travers leur peau, jusque dans leur ventre, et de savoir à l'avance si elles attendaient un louveteau malcadh. Une rumeur disait même que l'Obea jetait des sorts et provoquait la naissance de petits infirmes. Quant aux mâles, bien entendu, ils ne s'intéressaient pas à elle. Elle était tout simplement transparente à leurs yeux. Comme l'eau, ou le vent. Invisible. Shibaan n'avait pas eu de vie.

Mais elle avait un travail, un moyen d'avoir sa place dans le clan. Et, d'ailleurs, ne rendait-elle pas un fier service aux loups du Par-Delà ? Pourtant, jamais elle n'avait reçu le moindre remerciement.

Shibaan repéra un tummfraw parfait, droit devant elle, sur un sentier emprunté par les élans pendant leurs migrations. Si elle laissait le petit sur du plat, il mourrait piétiné par ces énormes bêtes. Et si les élans ne venaient pas, des chouettes charbonnières s'occuperaient de lui.

Elle déposa le louveteau gémissant, puis repartit. Mais, pour la première fois de sa vie, elle se retourna. Elle voulut le regarder en essayant de se représenter le moment de sa mort. Les poils du dos de l'Obea se hérissèrent et sa queue se raidit dans le prolongement de son échine. Elle dévia abruptement de son itinéraire et prit un raccourci en descendant une pente raide.

Shibaan n'était pas allée très loin quand elle sentit un léger frémissement monter du sol. « Non ! Pas encore un tremblement de terre ! » pensa-t-elle. Le terrain s'ouvrit brusquement devant ses pattes. Une grande fissure sillonnait la terre. Elle trébucha et entendit de gros

rochers s'ébouler derrière elle, puis un son mat
– celui de son propre corps écrasé.

Quand elle se réveilla, la lune s'était déjà
levée. Dans le ciel d'été semé d'étoiles, elle
chercha la constellation du Grand Loup, Lupus,
qui marchait vers la grotte des âmes. « Je suis en
train de mourir, se dit-elle. Vais-je aller dans la
grotte des âmes ? Ou… ou dans le monde des
ténèbres ? » Elle frissonna. Pendant tant d'années, elle avait obéi à la loi du clan en débarras-
sant la meute des malcadhs. Elle ne faisait pas
la loi. Elle se contentait de la suivre, « pour le
bien du clan ». Ceux qui s'en sortaient étaient
des louveteaux exceptionnels et ils devenaient
souvent des adultes remarquables en grandis-
sant. Comme Hamish, le chef de la Ronde
sacrée, ces loups qui surveillaient les abords
des volcans. Il était né avec une patte tordue.
Elle se souvenait encore du jour où elle l'avait
abandonné dans les montagnes. Quel choc elle
avait eu quand, une lune plus tard, le louveteau
était revenu en boitillant. Quant aux disparus, à
quoi bon les pleurer ? C'était la loi de la vie sauvage. Et Shibaan ne les avait pas pleurés jusqu'à
maintenant… Mais à l'heure de mourir, elle
tremblait de doute et de peur. « Serai-je punie ?
Serai-je bannie de la grotte des âmes pour avoir
fait ça ? »

Plus que la douleur, le chagrin l'accablait. Elle se remémora chacun des louveteaux qu'elle avait emmenés : le premier, qui était né aveugle, avec ses yeux laiteux ; le petit à trois pattes ; ceux à qui il manquait les oreilles, ou la queue ; ceux dont les hanches tordues ne leur auraient jamais permis de courir. Et puis il y avait eu le mâle de l'année précédente, affecté par une patte tournée en dehors et marqué par un curieux dessin sur un coussinet : une spirale. Sans qu'elle sache pourquoi, ce louveteau-là l'avait troublée plus que les autres. Elle avait eu hâte de s'en débarrasser.

Tandis que son corps s'engourdissait, elle s'imagina revenant sur ses pas pour sauver le petit boiteux qu'elle venait juste d'abandonner.

Ce fut comme si elle ne sentait plus son corps. Elle remonta la pente par des bonds agiles, sautant par-dessus les rochers, en direction de la piste des élans. Elle se rappelait les moindres virages, les plus petits cailloux. Enfin elle aperçut la minuscule créature devant elle. Le soulagement l'envahit et, au même instant, une sensation étrange attira son attention, une sorte de picotement dans ses mamelles flétries. « Du lait, pensa-t-elle. Une montée de lait ! Je vais prendre ce petit et le nourrir. » Une vague de joie la submergea. Les élans n'étaient pas encore arrivés. Il n'y avait pas une chouette dans le ciel, seulement le sentier des esprits qui étincelait au-dessus d'elle.

Duncan MacDuncan, le chef sage et respecté du clan des MacDuncan, sortit hurler dans la nuit. Il informait l'ensemble des membres de son clan que le *Carreg Gaer*, la meute du chef, était saine et sauve après le tremblement de terre. Il avait oublié l'Obea et sa mission. Cependant, quand il pencha la tête en arrière, ses yeux rencontrèrent la constellation du Grand Loup qui se levait à l'est. Un nuage de brume couleur fauve se forma près de la tête du Loup. Il reconnut aussitôt Shibaan. Il l'avait croisée dans ses années de jeunesse, bien avant qu'elle ne rejoigne son clan. Alors il chanta pour elle dans l'immensité de la nuit.

— Adieu, Obea. Tu nous as quittés, mais nous sommes plus forts aujourd'hui grâce à ton sacrifice. Remonte maintenant le sentier des esprits, Shibaan. Tu as servi ton clan d'une manière admirable.

Puis il battit des cils et il reprit ses hurlements, mais pour exprimer une joie pure cette fois, car, dans le ciel, une douzaine ou plus de louveteaux scintillants venaient de surgir en courant de la grotte des âmes pour accueillir l'Obea. Un autre petit suivait tout près derrière elle. À l'endroit où l'une de ses pattes arrière touchaient le sentier brillait une minuscule étoile, comme si cette patte était plus courte que les autres.

# CHAPITRE QUATORZE

# LA GROTTE DES ORIGINES

Faolan se rapprocha de l'étrange paroi. Ces silhouettes animales étaient-elles vivantes ou imaginaires ? « J'ai l'impression de nager en plein rêve… » Ces images ressemblaient un peu aux dessins que Cœur-de-Tonnerre lui montrait dans les étoiles. Il aurait vraiment juré entendre les bêtes haleter et marteler la roche de leurs pas lourds. Il approcha sa truffe et renifla. Ce n'était que de la pierre.

Faolan leva le museau et commença à humer l'air. Mais il ne sentait rien.

Il gratta la surface dure de la paroi avec sa patte et les glandes situées entre ses griffes libérèrent leur parfum. « Suis-je le premier à marquer cet endroit ? » Une nouvelle image éveilla soudain son attention. Il s'approcha et constata qu'il s'agissait d'une spirale – exactement comme celle qu'il avait sous la patte ! Il sentit son pouls s'accélérer et regarda autour de lui, les oreilles couchées, la queue baissée et le ventre au ras du sol en signe de soumission et de respect pour la force supérieure dont il sentait la présence.

Lorsqu'il se redressa, Faolan vit une représentation de la constellation du Grand Loup au plafond, avec une traînée d'étoiles qui semblaient conduire jusqu'à elle. « Cette grotte est-elle une sorte de grotte des âmes ? » se demanda-t-il.

Il avait l'impression de remonter un sentier des esprits terrestre, un passage vers le temps des origines, quand les histoires des loups et des chouettes s'étaient croisées pour la première fois. C'était une intuition, un pressentiment plus qu'une certitude. Faolan le devinait. Cette grotte apparemment vide était chargée d'une histoire très importante pour lui. Il était né d'un père loup et d'une mère louve qu'il n'avait jamais rencontrés. La femelle grizzly qui l'avait recueilli avait disparu. S'il pouvait déchiffrer les mystères de cette grotte, il sentait qu'il pourrait peut-être apprendre qui il était vraiment. Et ce que le destin lui réservait.

Il suivit le chemin tortueux qui s'enfonçait dans la terre. La lumière faiblit peu à peu. Mais comme tous les loups, il possédait une excellente vision dans l'obscurité, même aux heures les plus sombres de la nuit.

Il rasait les murs en étudiant une curieuse veine argentée. Il se rendit bientôt compte qu'elle représentait des loups qui couraient dans un paysage gelé. Une grâce et une majesté incroyables se dégageaient de leurs mouvements. Ils étaient gravés avec un tel réalisme qu'ils semblaient respirer.

Au-dessus d'eux volait un oiseau. Faolan crut reconnaître une chouette. Mais de quelle espèce précise ? Une chouette tachetée ? Un harfang ? Non, c'était plutôt un pur esprit, un éclair blanc qui se découpait sur le ciel.

Faolan perdit la notion du temps. Il resta peut-être des heures, des jours ou même des semaines dans la grotte des Origines. Car c'est ainsi qu'il décida de l'appeler. Sans se soucier de dormir ni de manger, il se reput de l'histoire écrite sur les murs. Les peintures ne se suivaient pas forcément. Les premières montraient des caribous. La file ondulante des loups, qu'on nommait *byrrgis*, se trouvait au milieu, alors qu'elle aurait dû commencer l'histoire. Pour Faolan, cette peinture-là était la plus importante. Elle lui redonnait espoir en lui rappelant les splendides chants des loups du Par-Delà. Elle l'aida à prendre conscience que tous les loups n'étaient pas comme ces individus stupides et méchants qu'il avait croisés dans les Confins.

La peinture exprimait à merveille la camaraderie des loups, leur unité, la beauté de leur groupe. Tous ces loups joignaient leurs efforts pour le bien commun – exactement le contraire de ce que faisaient les barbares des Confins. Et cela n'était qu'un fragment d'une histoire beaucoup plus longue que Faolan commençait seulement à reconstituer dans la grotte des Origines.

CHAPITRE QUINZE

# Une histoire gravée
# dans la pierre

Petit à petit, Faolan commençait à comprendre
la grande histoire des loups. Le loup en position de tête dans le groupe, un certain Fengo,
était le chef de ce qu'on appelait alors le Clan
des Clans, et qu'on finirait par connaître sous
le nom de clan MacDuncan. Le groupe, le byrrgis, était représenté une demi-douzaine de fois
dans la grotte. Sur la fresque centrale, il quittait
un endroit recouvert de glace. Au fil des années,
le froid s'était installé dans le pays d'où venaient
les loups. Chaque année, il devenait plus violent
et il grignotait un peu plus la saison chaude. Les
hivers s'allongèrent, s'allongèrent, jusqu'au jour
où la glace finit par recouvrir le territoire entier
à toutes les saisons. Les anciens loups appelèrent
cette période la Marche du Grand Froid. Fengo
décida qu'il valait mieux partir. Ils errèrent ainsi
pendant de nombreuses lunes. Rien n'expliquait,

en revanche, comment ils avaient rencontré l'esprit de l'étrange oiseau qui leur avait servi de guide.

Faolan comprit subitement qu'il devait s'agir de Hoole. Quand Cœur-de-Tonnerre lui avait parlé des chouettes très intelligentes qui vivaient dans le Grand Arbre de Ga'Hoole, elle avait précisé que *hoole* était un ancien mot loup signifiant « chouette ». Faolan comprit que le pays où l'étrange chouette avait conduit les loups de Fengo n'était autre que le Par-Delà. C'était une terre sauvage et désolée, où le feu et la glace cohabitaient. Cinq volcans s'y dressaient. C'était là que le Clan des Clans s'était installé.

La grotte était un labyrinthe de tunnels et de galeries. Il était facile de s'y perdre. Et c'est ce que fit Faolan pendant des jours et des jours. Il y avait de l'eau mais pas grand-chose à manger. Il dénicha un rat ou deux, ainsi que quelques chauves-souris. Faolan se nourrissait surtout des histoires et des peintures, qu'il trouvait extraordinairement belles.

Alors qu'il arrivait à une partie intéressante de la vie de Fengo, Faolan se heurta à un éboulis de roches qui lui barrait le passage. Il était très contrarié car impatient de connaître la suite du récit. Fengo et son clan, plusieurs années après s'être installés dans le Par-Delà, venaient de rencontrer une chouette capable d'attraper les charbons des volcans, de les garder et de s'en servir pour allumer des feux : bref, le premier charbonnier de l'histoire. La drôle de spirale, qu'il avait retrouvée au cours de son exploration, apparaissait plus souvent. Au moment où il s'apprêtait à faire demi-tour, il sentit un courant d'air humide. Étonné, il gratta un peu et il ne lui fallut pas longtemps pour comprendre que ce qu'il avait pris pour une impasse était juste le résultat d'un effondrement, sans doute dû au tremblement de terre.

Il se mit à creuser avec ardeur. Pour chaque débris écarté par sa patte mal tournée, il remerciait Cœur-de-Tonnerre de l'avoir forcé à l'utiliser.

Quand il eut enfin dégagé la voie, il pénétra dans une grande cavité qui révéla la plus magnifique fresque de toutes. C'était une salle ronde, très adaptée au sujet de la peinture puisque celle-ci représentait le cercle des cinq Volcans sacrés. Chaque volcan semblait, à première vue, plus ou moins identique aux autres. Mais en les examinant de plus près, Faolan nota des différences subtiles sur deux d'entre eux : des chouettes volaient autour de ces deux cratères, au-dessus des rivières de braises qui dévalaient leurs flancs. Une chouette au visage blanc et aux plumes fauves plongeait droit dans le cône d'un volcan pour récupérer un charbon d'un genre particulier – orange avec une mèche bleue cerclée d'un liseré vert au centre. Faolan retint son souffle. Cette chouette avait-elle l'intention de se tuer ? Le deuxième volcan était secoué par une éruption violente et on voyait une autre chouette superbe, parsemée de petites taches, qui tenait dans son bec ce fameux charbon mystérieux. Deux volcans, deux chouettes, et un seul charbon. Qu'est-ce que cela signifiait ? Faolan sentit instinctivement que ces deux oiseaux avaient vécu à deux époques très éloignées, mais que leurs histoires étaient intimement liées. De même qu'elles étaient liées aux loups.

Lentement, il fit le tour de la salle, en essayant d'assembler dans le bon ordre les éléments de cette énigme. Il découvrit des pyramides d'os. Au sommet de chacune était juché un loup. Cependant, ces peintures ne livraient aucun indice sur le sens du troublant motif en spirale. C'était bizarre et frustrant. On pouvait voir ce motif un peu partout, mais toujours au-dessus de la tête d'un animal : un loup ici, là une chouette, parfois un ours, ou même un renard ou un lièvre.

Faolan tenta d'éclaircir en vain le sens de ce dessin. Il finit par sombrer dans un sommeil profond au milieu de la salle ronde, entouré par les histoires peintes des loups et des chouettes de la grotte des Origines.

# CHAPITRE SEIZE

## Souvenirs de lait

Faolan rêvait. Des bouffées d'un parfum agréable lui chatouillaient les narines et s'enroulaient en volute autour des images de la grotte. À mesure que l'odeur s'accentuait, il comprit qu'elle n'avait aucun rapport avec les loups qui couraient à la queue leu leu sur la paroi. Il crut sentir le contact de corps doux qui gigotaient contre le sien ; attirés par le parfum du lait chaud, ils se bousculaient et titubaient. Du lait ! Du lait ! Ils se disputaient les mamelles dans l'espace sombre, chaud et silencieux. Faolan ne voyait rien. Il n'entendait rien. Il se rapprocha et se pressa contre le ventre chaud d'où jaillissait le lait. Et puis, subitement, un courant d'air froid l'enveloppa. Il eut la sensation d'être arraché à la mamelle, séparé des autres petits corps duveteux. Il grelottait en pendouillant dans le vide tandis qu'une créature sans odeur l'emportait loin, loin de la chaleur, loin du lait.

Faolan se réveilla en poussant un cri. Il se leva d'un bond, tout tremblant. Il renifla l'air. Le parfum du lait avait disparu. Pourtant ce rêve paraissait si réel. Si réel !

Faolan avait compris très tôt dans sa vie qu'il avait dû naître d'une louve et non d'une ourse. Mais, au fond de lui, il n'y avait jamais vraiment cru jusqu'à cet instant. « Peut-on avoir deux mères, s'interrogea-t-il, celle qui vous a mis au monde et celle qui vous a nourri ? » L'odeur de sa mère louve s'attarda dans son esprit longtemps après la fin de son rêve…

Il devait quitter la grotte, quitter cet endroit hors du temps pour replonger dans le cours normal de l'existence et retourner dans son pays. Il n'avait plus qu'une idée en tête : retrouver sa première mère. Pourquoi avait-il été emporté, lui, et pas les autres petits ? Il partit. En chemin, il s'arrêta et fixa le dessous de sa patte tordue. Il la retourna contre son épaule afin de mieux voir le motif de tourbillon sur le coussinet. Voilà pourquoi !

Un profond sentiment de paix inonda son être. Il avait l'intuition de faire partie de quelque chose de très grand, d'un vaste projet imaginé par une force supérieure. L'obscurité tombait autour de lui. Faolan leva la patte vers la nouvelle lune qui montait.

Les étoiles entamèrent leur ascension majestueuse dans la nuit. Il les observa en silence et compara leurs mouvements à ceux du byrrgis. Elles glissaient toutes ensemble, selon un plan bien défini. Comme lui, comme la terre qui tournait sans fin, les étoiles étaient les rouages d'un ensemble immensément grand et fascinant. « La terre tourne, tourne et tournera toujours – comme cette marque en spirale sur ma patte, se dit-il avec bonheur. J'appartiens à un cycle sans fin. »

# CHAPITRE DIX-SEPT

# LE BYRRGIS
# UN ET INDIVISIBLE

Faolan voyageait depuis plusieurs jours en longeant la rivière. La lune qui n'était qu'un croissant tout fin à sa sortie de la grotte était devenue une grosse boule argentée. Jusqu'à présent, aucun autre loup n'avait croisé sa route. Il n'avait pas entendu le moindre hurlement. Au plus fort du jour, il se couchait sur des rochers frais, en bordure de la rivière ; puis, vers la fin de l'après-midi, il nageait et pêchait. Mais la vraie viande commençait à lui manquer. Un soir, sous un magnifique ciel indigo, il suivit une piste qui débouchait sur une grande plaine. Il tendit l'oreille. Un étrange cliquètement tintait dans la brise. Il connaissait ce son. Des caribous ! Les tendons de leurs pattes claquaient lorsqu'ils trottaient et produisaient un bruit bien particulier. Ils se déplaçaient à cette époque de l'année vers les terres où les femelles mettaient bas.

Faolan sentit les sucs de son estomac monter. Il se délectait déjà du goût du sang. Cependant… comment chasser sans l'aide de Cœur-de-Tonnerre ? Comment piéger sa victime ? Bien sûr, il avait abattu un couguar tout seul. Mais là, il s'agissait de défier tout un troupeau. Il lui faudrait choisir une proie faible et la poursuivre jusqu'à l'épuisement. Il repensa aux stratégies de chasse peintes sur les murs de la grotte. Il pouvait y arriver seul.

Un flot d'odeurs se déversait vers lui, porté par les brises. Il s'avança en prenant bien garde de rester sous le vent. Il sentit des vibrations profondes s'élever du sol et s'amplifier peu à peu. Bientôt il repéra le groupe qui surgissait de derrière un escarpement. Les caribous galopaient dans la plaine à présent, en direction d'une vallée peu profonde. Depuis sa position en hauteur, Faolan pourrait facilement voir tout le troupeau et choisir un caribou faible. Lestement, il grimpa sur une corniche rocheuse. Deux corbeaux volaient en cercle au-dessus de lui. Ils attendaient son attaque. Faolan, exaspéré, espéra que les oiseaux ne trahiraient pas son emplacement. Mais les caribous continuaient de progresser à une allure aussi régulière que le cours d'une rivière.

Il aperçut une femelle âgée à la queue du groupe. Il devina qu'elle avait des difficultés à suivre le rythme. Il descendit la pente à pas feutrés. Le vent tourna subitement – à peine, mais assez pour dénoncer sa présence. Le claquement sec des tendons s'accéléra. « Ils sentent mon odeur », pensa Faolan. Il regarda la femelle tenter en vain de se faufiler au milieu des autres. Elle n'était peut-être pas aussi vieille, ni aussi infirme qu'il l'avait cru. Il se retint d'accélérer. « Pas encore, se dit-il. Je dois garder la même vitesse. Agir comme si je n'étais pas seul. »

Il avançait en bondissant, les yeux rivés sur sa proie.

À l'approche d'une côte, la femelle décida de se séparer du troupeau, convaincue qu'elle serait rapidement distancée dans la descente. Elle bifurqua et augmenta encore son allure. Le plat du terrain semblait lui donner un regain d'énergie. Elle galopait à une vitesse remarquable. Toutefois, à sa respiration rauque, Faolan savait qu'elle ne tiendrait pas éternellement.

Cependant, il la traquait depuis longtemps déjà. Ils avaient parcouru une longue distance. Les étoiles s'étaient levées et avaient gravi le dôme noir de la nuit avant de glisser de nouveau derrière l'horizon. Et elle courait toujours. « Je ne suis pas seul, s'encouragea Faolan. Je ne suis pas seul. »

Il était temps de mettre en place la suite de sa tactique. Faolan étudia le paysage. Le sol descendait un peu devant et, juste derrière, remontait pour former une petite colline.

Il se mit à respirer par à-coups, à haleter ; ensuite, il poussa un hurlement et fit mine de renoncer à la poursuite. Un silence de mort envahit la nuit. Le « clac clac » des tendons cessa. Faolan se retourna lentement. Il sentait le poids du regard de la femelle sur son dos. Il s'éloigna, disparut dans la déclivité, puis il contourna la colline.

Il devait agir vite, sans lui laisser le temps de récupérer. Il s'élança. En le voyant surgir de nulle part, elle détala et s'enfuit en direction de la pente. Après une accélération fulgurante, Faolan s'éleva dans les airs par un bond puissant et rabattit violemment ses pattes avant sur l'arrière-train de sa proie. La femelle s'écroula. Il se hissa sur son dos et, s'étant assuré une bonne prise sur son cou, il planta ses crocs dans sa trachée. En la mettant à mort, il tenait à ce qu'elle sache qu'il la respectait, qu'il reconnaissait sa valeur et le haut prix de la vie dont elle lui faisait don. L'instinct du *lochinvyrr* venait du fond des âges. Faolan désirait ardemment plonger son regard dans celui du caribou agonisant. À travers ce rituel, la viande deviendrait *morrin* : elle serait bénie. Le caribou serait mort pour une bonne raison.

Une étincelle illumina les yeux de la vieille femelle. « J'ai vécu une longue vie, une bonne vie. J'ai eu des petits et j'ai couru avec la harde. Je suis prête à partir, à lâcher prise. Mon temps sur terre est fini. » Un accord silencieux passa entre les deux animaux et Faolan entendit le dernier souffle du caribou expirer dans sa gorge.

# CHAPITRE DIX-HUIT

# LE PREMIER DRUMLYN

Les corbeaux s'étaient mis à voler en cercle avant même que le lochinvyrr soit achevé. Quatre d'entre eux se posèrent sur un rocher à une faible distance de la carcasse. Leur comportement irritait Faolan. Imaginer ces oiseaux poussant des « kraa kraa » tapageurs picorer la chair de ce noble animal le dégoûtait. Son repas terminé, il décida de mettre la carcasse à l'abri des charognards.

Il tira le corps par les bois à travers la plaine nue. Les oiseaux le suivirent. Dès que le loup marquait une pause, ils atterrissaient. Cependant Faolan montait la garde sans relâche, en découvrant ses crocs. Les corbeaux étaient complètement déroutés par l'attitude de ce jeune mâle. Normalement, une fois repus, les loups leur laissaient les restes.

Il vint une idée à Faolan. Les nuits d'été, tandis qu'ils contemplaient le ciel côte à côte,

Cœur-de-Tonnerre lui racontait les histoires qui se cachaient derrière les constellations. Elle lui avait parlé à plusieurs reprises d'Ursulana, le paradis des ours que semblait désigner la constellation du Grand Ours. Dans la grotte des Origines, Faolan avait imaginé l'existence d'un paradis des loups. Pourquoi n'y aurait-il pas aussi de refuge dans le ciel pour les âmes des caribous ? Il se remit au travail avec une ardeur redoublée.

Perdant patience, un corbeau audacieux descendit en piqué. Faolan, furieux, sauta et le saisit en plein vol. Il le tua sur le coup. Ses compagnons furent si stupéfaits qu'ils chutèrent à pic. Jamais ils n'avaient vu un animal à quatre pattes s'élever si haut dans les airs ! Ils reprirent leurs esprits au tout dernier moment et déguerpirent. Faolan n'entendit plus jamais parler d'eux.

Faolan avait l'intention de traîner le caribou jusqu'au bord de la rivière, à un endroit en hauteur éloigné à la fois des terrains de pêche et des passages peu profonds utilisés par les troupeaux migrateurs. Il voulait faire en sorte qu'aucune créature ne touche ces os tant qu'il resterait le moindre bout de viande dessus. Il mangerait ce

qu'il pourrait lui-même, puis il cacherait le squelette.

Il finit par trouver l'emplacement idéal. La
rive était haute, la rivière profonde. Il ne détecta
aucune odeur suspecte. Les familles de renards
devaient craindre que leurs petits ne tombent de
la berge. L'endroit était parfait.

Après tant d'efforts, Faolan sentit sa faim se
réveiller. Il nettoya quelques os de leur chair en
un rien de temps. Ensuite, il se roula en boule
pour se reposer. Il adorait ce moment de la
journée où le fantôme blanc de la lune se levait
sur le bleu du ciel, juste avant que le soleil ne se
couche à l'ouest. Puis la nuit déversait ses cou-
leurs – le mauve, d'abord, ensuite une nuance
plus sombre de violet et le noir. Faolan renversa
la tête et se mit à hurler aux étoiles :

*Montrez-moi le refuge*
*dans le ciel*
*des nobles caribous.*
*Montrez-moi le chemin étoilé qu'elle devra remonter,*
*elle qui a vécu dans l'honneur.*
*Elle est caribou.*
*Je suis loup.*
*Je vis parce qu'elle est morte.*
*Elle était la bonté même,*
*Je me sens tout petit dans la nuit argentée.*
*S'il vous plaît – montrez-moi le chemin,*

*et je mettrai ses os en lieu sûr afin qu'elle repose*
*en paix.*

Faolan chanta jusque tard dans la nuit. Il n'y
avait pas un souffle de vent. Lorsque la constellation du caribou se leva enfin, ce n'est pas dans
le ciel que le jeune loup la découvrit, mais sur
l'eau polie par la lune. La surface de la rivière
frémissait légèrement. Faolan s'approcha du bord
et baissa les yeux. Le cœur battant, il retraça le
profil du caribou, en commençant par la tête,
si petite comparée à la hauteur majestueuse des
cornes. Sur l'eau ridée, elles ressemblaient à des
branches argentées. Il suivit la courbure du cou
et rebondit sur la bosse charnue qui se dressait
entre les épaules. Il ne fallait pas moins de six
étoiles pour dessiner les gros sabots concaves.
Faolan se remit à chanter.

*Va ! Va !*
*Suis le Grand Caribou.*
*Suis-le jusqu'au refuge des âmes.*
*Va retrouver ta mère qui est morte à l'hiver,*
*et ton père abattu par l'ours.*
*Rejoins la harde des esprits –*
*ils t'attendent*
*dans la nuit éclaboussée d'étoiles.*

Quand il eut terminé, il contempla les os nus qui scintillaient au clair de lune. Il fut soudain pris par une envie irrépressible, un besoin pressant de ronger, de produire un bel objet à partir de ces os luisants, quelque chose qui rappellerait les images gravées sur les parois de roche de la grotte des Origines. Tous les crocs-pointus, ces louveteaux abandonnés qui avaient survécu et retrouvé le chemin de leur clan, semblaient posséder le même instinct, éprouver les mêmes pulsions. Faolan semblait savoir à l'avance comment s'y prendre pour faire naître un dessin puissant grâce à ses crocs. Il se mit à l'œuvre. Pendant qu'il gravait un message pour le Grand Caribou, il songeait aux autres loups. Plus que jamais il ressentait le désir de rejoindre les siens.

Quand l'aube apparut, Faolan avait commencé son premier drumlyn, une pyramide d'ossements. La rivière brillait de mille feux dans le soleil levant. Des taches de lumière rose, orange vif et rouge tournoyaient à la surface de l'eau. Juché sur son tas d'ossements, Faolan entonna un chant sauvage – un chant d'adieu.

# TROISIÈME PARTIE
# LE PAR-DELÀ

# CHAPITRE DIX-NEUF

## UN CRÂNE DANS LES BOIS

Faolan avait accompagné de son chant le voyage de l'esprit du caribou vers les étoiles. Il resta encore quelque temps près de son drumlyn, rongeant de nouveaux dessins sur le blanc d'un fémur, d'une omoplate ou d'une côte. Il s'habitua à utiliser ses dents pour graver des lignes très fines. S'il avait entendu les hurlements d'autres loups, il aurait aussitôt repris la route pour se joindre à eux. Mais il n'entendit rien. Cependant, il ne perdit pas espoir.

La région était pratiquement déserte, mais il marqua consciencieusement son territoire autour du drumlyn. Chaque fois qu'il chassait, il ajoutait les os de ses proies à ceux de la femelle caribou.

Le drumlyn s'élevait à présent à une hauteur respectable. Faolan avait fini par s'attacher à cet endroit paisible, devenu le point de départ du caribou vers sa grotte des âmes. Mais l'été déclinait. La constellation du caribou glissait de plus en plus bas dans le ciel. Une nuit, Faolan sut que, le lendemain soir, elle disparaîtrait complètement. Il était temps de s'en aller. L'automne arrivait. Il devait trouver une tanière pour passer l'hiver.

« Non, se corrigea-t-il. Je dois trouver une meute de loups. » Et certainement pas un de ces gangs de barbares. Les peintures de la grotte des Origines lui avaient laissé un souvenir impérissable. En y repensant, il se sentait encore plus seul. Serait-il accepté dans un clan un jour ?

D'un autre côté, il avait terriblement envie de retrouver Cœur-de-Tonnerre. Était-il possible de vivre entre deux mondes – celui de sa chère mère grizzly et celui des loups ? L'idée que Cœur-de-Tonnerre soit morte ne pouvait pas l'effleurer. Il se refusait à penser une chose pareille. Quand, chaque nuit, il étudiait le ciel à la recherche du Grand Caribou, il ne laissait jamais son regard se poser sur la constellation du Grand Ours : l'idée qu'un jour Cœur-de-Tonnerre puisse se trouver si loin de lui lui était insupportable. Si elle était au paradis des ours, alors Faolan n'avait plus aucune raison d'espérer. La présence de la femelle grizzly à ses côtés quand il dormait, chassait ou pêchait, continuait de lui manquer cruellement. Il se consolait en se disant qu'au moins ils habitaient encore dans le même monde.

Faolan remonta la rivière. Il jeta un dernier coup d'œil à la pyramide d'os étincelants sous la lune. Un peu plus bas, il profita d'un endroit où la rivière était moins profonde pour traverser. Tandis qu'il grimpait la pente raide de l'autre côté, il flaira une odeur familière dans le souffle de la rivière. Tout excité, il se mit à courir. L'eau grouillait de poissons argentés. Leurs écailles luisaient dans le soleil d'été tandis qu'ils sautaient au-dessus des courants. Faolan reconnut au loin les rapides dans lesquels Cœur-de-Tonnerre et lui pêchaient les saumons par dizaines. Il s'arrêta net en apercevant une autre mère grizzly, accompagnée de ses trois oursons. Les petits ne remarquèrent pas sa présence, mais la femelle l'observa d'un œil méfiant. L'espace d'un instant, le jeune loup sentit son cœur s'arrêter. Puis, lorsqu'il fut bien certain que cette ourse n'était pas Cœur-de-Tonnerre, il soupira, à la fois de déception et de soulagement. Il n'aimait pas l'idée qu'elle ait d'autres petits. Il ne voulait pas qu'un autre que lui dorme contre son grand cœur retentissant.

L'ourse gronda en guise d'avertissement. Faolan baissa la queue et la tête, ce qui signifiait : « Ne t'inquiète pas. Je ne ferai pas de mal à tes petits. » Elle comprit parfaitement. Ce petit mouvement de tête était tellement ours qu'un instant elle se demanda si elle avait bien affaire à un loup.

Faolan n'avait pas goûté de saumon depuis très longtemps, pourtant la tristesse lui coupait l'appétit. Oh, il était heureux de se savoir de retour dans le Par-Delà. « C'est ici, mon pays », pensait-il, mais dans son cœur, il se sentait accablé.

Il continua de voyager pendant un jour et deux nuits. Les hurlements distants des loups recommencèrent à lui parvenir, par intermittence. Il en comprenait très bien le sens. Il était content de les entendre enfin, mais il était aussi intimidé et apeuré. « Ces loups m'accepteront-ils ? Je suis si différent… » Quand l'ourse l'avait dévisagé dans la rivière, il avait vu la confusion sur son visage. « Quel animal es-tu ? » semblait-elle dire.

Le tremblement de terre avait laissé des traces importantes dans le paysage. Le cours même du fleuve principal était modifié, et de nombreux ruisselets s'étaient formés.

La tanière d'été qu'il partageait autrefois avec Cœur-de-Tonnerre n'avait pas été épargnée. Ne la trouvant pas, Faolan supposa qu'elle avait été inondée. Les lis des glaciers et les tapis d'iris bleus n'existaient plus. En revanche, il reconnut des aulnes qui avaient maintenant de l'eau jusqu'à mi-hauteur. En s'enfonçant dans ces bois familiers, qui lui rappelaient ses tout premiers souvenirs, Faolan sentit son cœur se serrer.

Il s'apprêtait à plonger la patte dans un petit ruisseau quand le reflet du soleil sur un joli galet noir et scintillant attira son attention. Il baissa la tête et le caressa du bout du museau. C'est alors qu'il aperçut un motif en spirale, qui ressemblait presque comme deux gouttes d'eau à celui qu'il portait sous la patte. Il saisit délicatement le galet entre ses dents, en prenant soin de ne pas le rayer, et le posa sur la rive. Puis il le fixa pendant un long moment. Découvrir ce dessin, cette part de lui, gravé dans la pierre, lui offrit un étrange réconfort.

Il remit le galet dans l'eau, et reprit sa route sans plus tarder.

Le soleil commençait à décliner. Des bandes de brume laiteuse s'enroulaient autour des pins sombres. Les bois semblaient suspendus entre ciel et terre. Faolan avança avec méfiance, les oreilles tendues, la queue raide et les poils du collier hérissés.

Il distinguait quelque chose de blanc droit devant lui, plus blanc que les nappes de brouillard. Ce n'était qu'une masse informe et floue au départ. Mais à mesure qu'il s'approchait, les contours se précisèrent. Il s'agissait du crâne d'un grizzly. Faolan flageola sur ses pattes, avant de s'élancer. Le crâne de sa chère Cœur-de-Tonnerre se dressait dans la lueur bleuâtre de la forêt, avec une telle majesté que le loup tomba à genoux.

Pendant de longues minutes, les yeux pleins de larmes, il fixa les orbites vides. Il voyait à travers ce crâne la beauté et la grandeur de l'ourse merveilleuse qui lui avait sauvé la vie. Il renversa la tête vers le ciel moucheté d'étoiles, à la recherche du Grand Ours. Sitôt qu'il l'eut trouvé, il se mit à hurler. Toute la nuit, il chanta pour Cœur-de-Tonnerre en regardant les étoiles.

Dans la grotte des Origines, Faolan avait compris que le temps tournait, tournait sans cesse, à l'image du cycle de la lune. Tout en suivant des yeux le sentier étoilé qui conduisait vers Ursulana, il se dit que la terre et tous les astres qu'il contemplait dans le ciel n'étaient peut-être que des grains de poussière dans un espace aussi infini que le temps. « Dans cet espace infini, Cœur-de-Tonnerre et moi, nous nous sommes rencontrés et nous avons vécu ensemble un bref moment d'éternité. »

*Tourne, tourne, tournera,*
*ours, loup, caribou.*
*Qui sait où tout a commencé ?*
*Qui sait quand tout se terminera ?*
*Nous ne formons qu'un.*

*Simples grains de poussière,*
*mais tous si différents.*
*Multiples. Et pourtant un.*
*Toi et moi,*
*Nous ne formons qu'un.*
*Cœur-de-Tonnerre, une tu es*
*pour l'éternité !*

# CHAPITRE VINGT

# UNE CHOUETTE

Gwynneth la chouette faisait tourner ses pinces de forgeron dans le feu. Elle tentait pour la troisième fois de fabriquer une feuille de saule en métal. Gwyndor, le père de Gwynneth, était un forgeron très respecté, le grand spécialiste des serres de combat. À sa suite, sa fille avait appris le b.a.-ba du métier de forgeron auprès de l'une de ses tantes.

Gwynneth n'avait jamais connu sa mère. Elle avait grandi entre son père et sa *tatre*. Ce n'était pas sa vraie tante, mais une femelle harfang avec qui Gwyndor s'était lié d'amitié. Et avec le temps, elle avait appris à les aimer tous les deux, même s'ils étaient très différents. Parfois, son père l'emmenait dans le Par-Delà. Au fil des années, Gwyndor était devenu très ami avec les loups. Il avait appris leurs us et coutumes et, surtout, son oreille s'était habituée à déchiffrer leurs hurlements. Lorsqu'il s'aperçut que sa fille, Gwynneth, avait l'oreille encore plus fine que la sienne, il avait décidé de lui enseigner tout ce qu'il savait à propos des chants des loups. C'était une excellente élève. Les *skreeleens*, c'est-à-dire les voix principales des chants, n'avaient plus de mystère pour elle : elle maîtrisait presque couramment les hurlements des loups.

La chouette en était, donc, au milieu de son troisième essai avec la feuille de saule, quand elle entendit un hurlement d'une beauté surnaturelle. Surprise, elle sortit aussitôt les pinces du feu et les posa sur leur support en pierre.

Cette chanson lui allait droit au cœur. Elle exprimait le chagrin, mais aussi l'acceptation, et elle était interprétée par un skreeleen qu'elle n'avait encore jamais entendu.

Elle couvrit son feu et rangea ses outils. Elle avait hâte de découvrir d'où venait ce chant.

Il ne lui fallut pas longtemps pour mettre sa forge en ordre, puis elle déploya ses ailes et s'éleva sur les courants d'air chaud qui montaient de ses charbons fumants.

Quelques secondes plus tard, elle rasait les cimes des arbres. Elle s'orienta à vingt degrés vers le sud. Les hurlements s'amplifièrent dans la nuit. Gwynneth avait parcouru environ quatre kilomètres quand elle repéra enfin, à travers une trouée dans les nuages, le jeune loup baigné par le clair de lune. Elle se posa dans les branches d'un arbre pour l'écouter.

Quelque chose l'étonnait dans les paroles de sa chanson. Cachée derrière un écran d'aiguilles de pin, elle voyait que ce loup, un jeune mâle, était assis à côté de l'énorme crâne d'un grizzly. Et c'était à ce grizzly qu'il s'adressait avec tant de passion.

La chouette écouta avec attention tandis que le chanteur entonnait le deuxième *gwalyd* :

*Mères de Lait, mères de Lait,*
*êtes-vous toutes les deux au ciel,*
*en train de gravir la pente étoilée*
*qui monte vers la grotte des âmes ?*
*Est-ce que vous m'attendez là-haut ?*
*Quand mon temps sera venu de partir,*
*quel chemin mon esprit choisira-t-il ?*
*Suis-je loup ? Suis-je ours ?*
*Par où commencer ?*

À la fin du chant, Gwynneth vit le loup frotter sa tête et son cou avec vigueur dans la terre, tout près du crâne. Elle reconnut ce geste : il marquait son territoire en indiquant les limites d'un terrain de chasse personnel. Pourtant, à en juger par la plainte funèbre qui était au cœur de sa chanson, ce loup n'avait sûrement pas l'intention de chasser. Il se vautrait à présent tout autour du squelette, en se roulant par terre aussi près que possible des ossements. La chouette commença à se demander si le loup n'avait pas détecté une seconde odeur. Puis elle eut une illumination – il devait avoir deux mères de lait. Bien sûr !

# CHAPITRE VINGT ET UN

# UNE CONVERSATION
# AU COIN DU FEU

Gwynneth sauta de la cime du pin et descendit en piqué avant de se poser à une distance respectueuse du crâne.

— Nous avons plein de choses en commun, déclara-t-elle.

Faolan leva les yeux. Il tenait dans sa gueule un os qui avait appartenu à la patte de Cœur-de-Tonnerre et il dévisageait curieusement la chouette.

— Repose cet os, petit, et viens avec moi.

Il secoua la tête avec vigueur.

— Oh, pardonne-moi. C'est l'os de ta mère de lait. Prends-le, si tu veux. Mais viens avec moi.

Gwynneth déplia ses ailes et s'éleva dans les airs.

Faolan la suivit du regard. Accablé par le chagrin, il lui avait fallu un moment pour prendre conscience que son interlocutrice était une chouette, peut-être une chouette du Grand Arbre de Ga'Hoole. Il se leva sur ses pattes flageolantes et trottina derrière elle.

La discrétion de cet oiseau était étonnante. Cette femelle ne faisait pas un bruit lorsqu'elle fouettait l'air de ses immenses ailes, même au décollage. Elle était beaucoup plus silencieuse que les corbeaux. Elle plut immédiatement au loup. Il sentait que ce silence l'aiderait à surmonter son chagrin. Et puis Cœur-de-Tonnerre ne lui avait-elle pas dit que ces oiseaux possédaient une intelligence admirable ?

La silhouette sombre de la chouette se découpait sur la pleine lune. Les yeux rivés sur elle, Faolan se faufila à travers les ombres bleutées des arbres. Peu de temps après, il détecta l'odeur âcre de la fumée.

Lorsqu'il entrevit la lueur des flammes dans la forge, son premier réflexe fut de reculer. Il n'avait vu du feu qu'une fois, de loin, pendant qu'il apprenait à pêcher avec Cœur-de-Tonnerre. Un immense incendie avait éclaté dans la forêt. Le jour s'était changé en nuit à cause de la fumée et les flammes s'élevaient en flèche vers le ciel comme pour arracher le soleil avec leurs longues griffes rouges. Le feu crachait des étincelles, sif-flait et craquait. Les craquements étaient ponc-tués de bruits de déflagration, secs et sonores, suivis de grésillements.

— Entre, entre, dit Gwynneth. Tu ne crains rien. Le feu ne te sautera pas dessus, ne t'inquiète pas.

Elle sortit ses pinces et elle invita Faolan à se mettre à l'aise près du foyer.

Le loup découvrit alors tout un monde de sons : le cliquetis métallique des pinces, la musique du feu, ou encore le souffle puissant de drôles de mâchoires en cuir que la femelle for-geron actionnait en direction de l'âtre pour attiser les flammes.

— C'est quoi, ces mâchoires ? demanda Faolan.

Gwynneth rit doucement.

— Ça ? C'est un soufflet. Je suis un forgeron solitaire. Je fabrique des objets à partir du fer ou d'autres métaux.

— Quel genre d'objets ?

— Je vais te montrer. Mais d'abord, faisons les présentations.

Ce jeune mâle intriguait beaucoup Gwyn-neth. Le son de sa voix était vraiment unique, aussi bien lorsqu'il hurlait que lorsqu'il parlait. Elle avait une rugosité étrange, assez proche du léger grasseyement des loups des clans, et en même temps très différente. On ne risquait pas de le prendre pour un barbare des Confins. Sa façon de se tenir et son air digne indiquaient sa parenté avec les clans du Par-Delà, au sein desquels on apprenait à respecter le rang, l'autorité et, plus encore, ses aînés.

Gwynneth avait remarqué au premier coup d'œil sa patte avant malformée. Elle pensait qu'il avait été banni de la meute. Mais dans ce cas, comment avait-il appris ces bonnes manières si typiques de l'éducation du clan ? Grâce à ses deux mères de lait ?

— Je m'appelle Gwynneth. On m'a donné le prénom de ma mère, qui est morte avant ma naissance. Une autre chouette a dû couver l'œuf et m'élever à sa place. Et toi, comment t'appelles-tu ?

Elle était parvenue à éveiller la curiosité de Faolan. Il lâcha son os et la dévisagea avec intensité.

— Faolan. Elle m'a appelé Faolan.

Gwynneth ne posa pas de question. Elle avait déjà compris que cette « elle » désignait l'ourse. Les pattes jalousement posées sur l'os, il s'approcha un peu.

— Ta mère est morte ? Une autre a pris soin de toi ?

— Oui, elle a aidé mon père à m'élever et m'a appris à forger.

145

— Alors tu avais un père et une deuxième mère ?

— Je t'avais bien dit que nous avions plein de choses en commun.

Faolan continuait de s'avancer vers le foyer. La chaleur l'attirait. Le feu lui évoquait un paysage, avec ses flammes qui, tels des arbres, poussaient sur un lit de charbons rougeoyants et ondulaient dans une brise imperceptible. À chaque craquement sec, des étincelles jaillissaient, comme une pluie de comètes et d'étoiles filantes.

Tout en scrutant le feu, il parla à la chouette de sa voix lente et chantante. Elle grinçait un peu aussi : le pauvre Faolan n'avait pas bavardé avec quelqu'un depuis fort longtemps.

— J'ignore qui était mon père. J'ai un vague souvenir de ma mère. Je me rappelle juste l'odeur de son lait, c'est tout. Mais Cœur-de-Tonnerre m'a laissé bien plus qu'un simple souvenir.

— Cœur-de-Tonnerre ?

— Oui, celle qui m'a élevée. Elle... Elle est partie... Je ne sais pas pourquoi, ajouta-t-il, la gorge nouée.

— Cœur-de-Tonnerre était une ourse, n'est-ce pas ? Une femelle grizzly.

Faolan détourna ses yeux du feu et hocha la tête. Entendre une autre créature prononcer à

146

voix haute le nom de sa tendre mère grizzly le bouleversa. Il posa le menton sur ses pattes avant et regarda Gwynneth.

— Elle est partie. C'était son crâne là-bas. Maintenant il ne me reste plus que ça... dit-il en léchant l'os. Elle me tenait dans ses grosses pattes pendant que je tétais, elle me serrait contre elle et j'entendais son grand cœur qui faisait « boum boum »...

— Alors voilà pourquoi tu l'as appelée Cœur-de-Tonnerre...

— Oui. Ton père et ta deuxième mère t'ont laissée, toi aussi ? demanda-t-il en relevant brusquement la tête.

— Mon père est mort à la guerre. Ma deuxième mère a été tuée sans raison.

— Dans ce cas, aucun des deux ne t'a vraiment abandonnée.

— Je crois qu'aucune de tes deux mères n'a voulu t'abandonner non plus.

— Oh, ma première mère, si, répondit Faolan d'un ton rageur. Cœur-de-Tonnerre m'a recueilli. Sans elle...

— Non ! Tu as dû être enlevé à ta première mère, l'interrompit la chouette.

Les poils du collier de Faolan se hérissèrent.

— Enlevé !

— Je le sais. Mon père, Gwyndor, m'a enseigné les coutumes des loups du Par-Delà.

— Dis-moi ! Parle-moi des loups et explique-moi pourquoi on m'a arraché à ma mère, supplia Faolan.

Ses yeux verts et luisants fixés sur l'os de Cœur-de-Tonnerre, il écouta Gwynneth lui dévoiler les lois ancestrales des loups du Par-Delà. Elle évoqua le rôle de l'Obea, le sort des louveteaux malcadhs et la punition de leurs parents, bannis de la meute à jamais.

Le ciel s'assombrit. Dans les replis de la nuit, tandis qu'il prêtait une oreille attentive au récit de la chouette, Faolan se mit à ronger l'os de Cœur-de-Tonnerre. Ses coups de crocs délicats se mêlèrent aux intonations de Gwynneth.

— ... mais si le louveteau survit, disait-elle, il peut rejoindre la meute en tant que croc-pointu.

— Un croc-pointu ? C'est quoi ?

Gwynneth pencha la tête et étudia les lignes que Faolan venait de graver.

— Un croc-pointu, c'est quelqu'un comme toi. Tes dessins sont très réussis pour ton âge. Je crois bien que je n'en ai jamais vu d'aussi beaux.

Faolan sursauta. Puis il se rappela les pyramides d'ossements sur les fresques des cinq volcans, dans la grotte des Origines. Il ne s'était pas contenté de regarder ces peintures. Il les avait vécues dans une sorte de rêve éveillé, obscur et brumeux.

— Alors si je retourne parmi les miens, je vais devenir un croc-pointu ?

Gwynneth hocha la tête à la manière des chouettes.

— Oui, confirma-t-elle. Et c'est très difficile. Ils traitent les crocs-pointus avec une grande dureté, surtout au début. Les autres jeunes loups seront jaloux. Tu devras faire tes preuves.

— J'ai été abandonné et j'ai survécu. Ça ne leur suffit pas ? Urskadamus ! marmonna-t-il d'une voix caverneuse, qui n'était pas sans rappeler celle d'un grizzly.

Il poussa un gros soupir.

— Bon, ma première mère ne m'a pas abandonné. Et la deuxième ?

Gwynneth écarquilla ses grands yeux noirs.

— Tu ne crois tout de même pas que Cœur-de-Tonnerre se serait lassée de toi, si ?

— Et toi, tu crois qu'une ourse laisserait une Obea lui prendre son petit ? répliqua Faolan.

— Allons ! Je te répète qu'elle ne t'a pas abandonné, Faolan. Cesse de te torturer.

— Alors pourquoi est-elle partie ?

Faolan se mit à trembler, l'œil hagard et les poils dressés. Quelqu'un, un jour, l'aimerait-il assez fort pour le garder ? Les flammes éclatantes

149

du feu diminuèrent soudain. On aurait dit que l'ombre de sa peur passait sur la forge.

— Peut-être est-elle partie te chercher ? Peut-être a-t-elle cru que tu t'étais perdu…

Le loup se recroquevilla et retroussa ses babines noires. Tout s'expliquait. Il s'ennuyait dans la tanière d'hiver, où l'air était lourd du sommeil interminable de Cœur-de-Tonnerre. Le cœur de l'ourse battait si lentement, si paresseusement ! Il avait besoin de sortir – pour courir, chasser et se défouler. Comme il s'amusait quand il sautait dans les congères ! Comme il appréciait la douce caresse de la neige ! De temps en temps, Cœur-de-Tonnerre se réveillait, groggy et légèrement désorientée. Il était tout à fait possible qu'elle ait paniqué en ne le voyant pas dans la grotte.

Les flammes se remirent à danser.

— Tu as raison. Je n'avais jamais imaginé ça ! Elle ne m'a pas trouvé dans la tanière d'hiver et elle est partie à ma recherche. Elle a dû oublier qu'elle m'avait donné l'autorisation de sortir.

— Les ours hibernent, Faolan. C'est ainsi.

— Oui, et moi… moi…

Il ne put achever sa phrase.

— Quoi, Faolan ? demanda doucement Gwynneth.

— Et moi, qu'est-ce que je suis ?

— Tu es un loup.

— Un loup maudit, oui ! Un malcadh…

— Tu leur prouveras le contraire.

Faolan tendit sa mauvaise patte.

— C'est à cause de ça que je suis maudit.

— Je sais. Ta patte. Je l'ai vue.

— Non, tu n'as pas tout vu. Regarde mieux.

Faolan roula sur le dos et montra son coussinet marqué de la spirale. En voyant Gwynneth tressaillir, il se remit d'un bond sur ses pattes. « Je suis pire que malcadh, se dit-il. Bien pire ! »

Mais la chouette s'approcha de lui en sautillant. Elle déplia ses immenses ailes et lui tapota gentiment la tête tout en retirant du bout du bec un chardon accroché à son oreille.

— Tu es un brave loup, Faolan. Tu es un loup bon et honorable. Tes deux mères de lait seraient fières de toi.

Les yeux de Gwynneth étaient comme deux galets scintillants d'un noir bleuté. Même s'ils étaient plus foncés que ceux de Cœur-de-Tonnerre, Faolan voyait son visage se refléter dedans, comme autrefois dans les yeux de l'ourse. Que c'était agréable de pouvoir enfin se confier à quelqu'un ! Il sentit que cette chouette le comprenait. Le feu de la forge, qui l'impressionnait tant à son arrivée, l'enveloppait à présent d'une douce chaleur.

# CHAPITRE VINGT-DEUX

## « Tu dois aller chez les loups »

— Est-ce que je peux rester avec toi ? demanda Faolan. Je pourrai chasser. Je te rapporterai plein de viande. Des proies beaucoup plus grosses que ces minuscules campagnols, dit-il en désignant les petits rongeurs conservés sous un rocher.

Gwynneth tourna lentement la tête de gauche à droite, réalisant presque un cercle complet. La signification de son geste était claire : non !

— Que veux-tu que je fasse d'une grosse proie ? Je suis bien plus petite que toi. Si je mange trop, je ne pourrai plus décoller.

— Mais je veux rester, insista-t-il.

— Ta place est avec les autres loups. Tu *es* un loup.

— Tu ne veux pas de moi, dit-il en reculant.

— Là n'est pas la question.

En réalité, il n'avait pas totalement tort. Mais comment expliquer à un loup que les forgerons solitaires n'appréciaient pas beaucoup la compagnie ?

— Faolan, tu es fait pour vivre au sein d'une meute. Tu apprendras. Tu trouveras peu à peu ta place et tu deviendras très probablement un membre de la Ronde sacrée qui surveille les abords des volcans.

— Je ne connais rien aux habitudes des loups et j'en ai plein le dos de ces histoires de Volcans sacrés, grogna Faolan.

— Comment ça, plein le dos ? Tu ignores tout des volcans !

Il baissa le cou et détourna le regard. Il n'avait pas parlé à Gwynneth de la grotte des Origines et il n'était pas sûr d'en avoir envie.

— Si seulement Cœur-de-Tonnerre était là…

— Eh bien, elle n'est plus là. Elle est partie.

Gwynneth scruta le ciel à la recherche de la constellation du Grand Ours. À force, ses mouvements de tête extraordinaires finirent par donner le vertige à Faolan.

— Comment tu fais ? Ce truc avec ta tête.

— Nous, les chouettes, nous avons des vertèbres en plus dans notre cou. Cela nous permet de tourner et de tordre la tête à peu près dans tous les sens.

Elle se lança dans une démonstration.

— Arrête ! Arrête ! Je vais vomir.

— Oh, pardon !

Gwynneth marqua une pause, puis elle reprit la parole d'un ton ferme en regardant le loup droit dans les yeux.

— Faolan, tu ne peux pas revenir en arrière, à l'époque où tu vivais avec Cœur-de-Tonnerre. On ne capture pas le temps qui passe.

Le jeune loup souffla bruyamment. Et pourquoi pas ? Il l'avait bien fait dans la grotte. Il s'était évadé du présent pour retourner aux origines du temps.

— Si, je peux, murmura-t-il.

— Faolan, observe le ciel. La lune a déjà glissé vers une autre nuit, dans un autre monde. Le temps ne reste pas immobile. En revanche, la qualité des moments passés, la valeur des choses, elles, restent.

— Pourtant la lune reviendra demain, et le jour suivant, et encore le jour d'après, alors que Cœur-de-Tonnerre s'en est allée pour toujours. C'est... c'est... c'est pas juste.

Gwynneth gonfla ses plumes. Elle s'enfla au point de doubler de volume. Elle s'approcha si près du loup que son bec touchait presque sa truffe.

— C'est indigne de toi de penser d'une manière aussi égoïste et stupide !

Elle leva une aile et lui flanqua un coup sur le crâne.

— Maintenant, tu dois partir. Va voir les loups.

— Je ne les connais pas !

— Tu sais plus de choses que tu ne crois, affirma-t-elle sur un ton plus doux.

— Est-ce que je pourrai revenir te rendre visite ?

Elle soupira.

— D'accord, mais pas avant que tu ne sois devenu le croc-pointu d'une meute.

Gwynneth bâilla à s'en décrocher la mandibule.

Des ombres gris clair commençaient à apparaître dans le ciel.

— Je dois dormir, maintenant. La rosée est déjà là. Ça veut dire que ce n'est plus tout à fait la nuit, ni vraiment l'aube encore. Si je ne m'endors pas avant les premières lueurs du matin, cela devient difficile après.

— Tu dors le jour ? demanda Faolan, ébahi.

— Oui, acquiesça la chouette, les paupières à demi closes. Les chouettes dorment le jour. C'est ainsi.

Décidément, le monde était bien compliqué ! Faolan avait honte d'être à ce point ignorant. Les chouettes dormaient le jour, les ours l'hiver… Et les loups ? Comment dormaient-ils ? Avaient-ils ce genre d'habitudes, eux aussi ?

Le feu baissait. Faolan sentit de nouveau un vide se creuser en lui. Il regrettait déjà ces moments passés avec la chouette, à discuter au coin du feu, enveloppés par la chaleur des flammes et l'éclat des étoiles. Mais Gwynneth avait sans doute raison. On ne revenait pas en arrière. Il devait l'accepter.

Il se leva péniblement. L'os de Cœur-de-Tonnerre dans la gueule, il s'éloigna de la forge, plus seul au monde que jamais.

# CHAPITRE VINGT-TROIS

# LES CAPRICES
# DE L'INSPIRATION

Après une bonne journée de repos, Gwynneth sentit que l'obscurité s'imposait de nouveau sur le monde. Même si elle dormait encore, quelque chose remuait en elle : la sensation que la nuit n'allait pas tarder à arriver. Tandis que son corps restait immobile dans la petite niche de pierre face à la forge, son esprit s'envola. Et, pile au moment où le soleil disparaissait derrière l'horizon, elle s'éveilla.

Sitôt les yeux ouverts, Gwynneth s'interrogea : « Est-il bien parti ? »

Elle jeta un coup d'œil hors de sa niche, puis elle fit un pas et tourna la tête. Nulle trace du loup. Le soulagement se mêlait à la tristesse dans son cœur. Elle était contente d'être de nouveau seule, mais elle avait trouvé Faolan aussi sympathique que fascinant. Quant à l'étrange marque qu'il portait sous la patte, elle soulevait des tas de questions. Rien que d'y penser, Gwynneth sentit un petit frisson la traverser. Quelle pouvait être la signification de cette spirale ? La chouette réfléchit quelques instants et, du bout d'une serre, elle se mit à gratter la terre dure, près de sa forge. Comment expliquer le choc qu'elle avait ressenti en découvrant ce motif mystérieux ? On aurait dit que la foudre venait de la frapper en plein cœur. Pourquoi ?

Elle remua un peu les tisons avec ses pinces, puis, machinalement, elle attrapa le bout de métal auquel elle essayait désespérément de donner l'aspect d'une feuille de saule et elle le plongea dans le feu. Mais le tourbillon de lignes qui ornait le coussinet de Faolan hantait son esprit. Au bout de quelques minutes, elle s'aperçut brusquement que l'ovale de la feuille était en train de devenir une nouvelle figure. Elle tournait les pinces au-dessus des flammes presque malgré elle. C'était un geste apaisant, délassant. Le morceau de métal prit d'abord une apparence conique. Ensuite, à mesure que Gwynneth accélérait son mouvement, des sortes de tortillons commencèrent à apparaître.

Elle s'empara de son marteau le plus fin et se mit à donner des petits coups entre les tortillons pour accentuer les dentelures. Son excitation grandissait de minute en minute. Elle travailla sans relâche, plus concentrée qu'elle ne l'avait jamais été. Un objet unique était sur le point de naître. Et finalement, après des heures de patient labeur, la pièce fut achevée. Gwynneth la brandit fièrement, encore chaude. Sa belle couleur rouge cerise resplendissait dans la nuit brumeuse. La chouette clignait des paupières, incrédule, tandis qu'elle examinait la spirale qui refroidissait dans l'air du soir. Elle avait forgé une copie de la marque distinctive de Faolan.

— Comment ai-je fait ça ? Comment ai-je réussi un exploit pareil ? chuchota-t-elle.

C'était la pièce la plus élaborée qu'elle ait jamais créée ! Elle n'aurait jamais osé s'attaquer à un tel défi si une force mystérieuse ne l'y avait poussée. C'était cent fois plus compliqué que la feuille de saule.

Elle éprouva subitement le besoin de retrouver la piste du loup. Elle n'avait pas l'intention de l'interrompre dans sa recherche d'une meute. Elle voulait seulement savoir s'il avait suivi son conseil.

Le vent d'ouest soufflait. Les étoiles et la lune étaient voilées par des nuages cotonneux et un brouillard dense. Des nuits comme celle-ci étaient parfaites pour les opérations de traque furtive. Les chouettes pouvaient se cacher dans la couverture nuageuse et se guider seulement au son. Gwynneth ne mit pas longtemps à repérer le bruit des pas de Faolan. La légère malformation de sa patte avant produisait un rythme spécial. Le motif en spirale n'était pas gravé assez profond sur son coussinet pour laisser des traces, sauf peut-être dans de la boue très fraîche. En tout cas, il avait sûrement laissé une forte empreinte dans l'esprit de Gwynneth.

Elle savait exactement où Faolan se trouvait : il se hissait sur la pente rocailleuse du mont Bossu.

« Bien ! se dit-elle. Il est en plein territoire MacAngus. » Elle le soupçonnait d'être né dans le clan MacDuncan. Mais cela n'avait pas d'importance. Angus MacAngus ferait en sorte qu'il rejoigne son véritable clan, quel qu'il soit.

« Tant qu'il n'appartient pas aux MacHeath, ça va, pensa-t-elle. Non, tout sauf les MacHeath ! »

# CHAPITRE VINGT-QUATRE

## LE MONT BOSSU

Après avoir quitté la forge, Faolan suivit la piste fraîche de caribous. Il était à peine parti qu'il entendit les premiers hurlements de loups. Il écouta avec attention le message de celui qu'il supposa être le skreeleen, le chanteur principal. Gwynneth lui avait expliqué que certains avaient des sujets réservés, comme parler de la chasse, ou informer le clan de la position de la meute.

Faolan comprit parfaitement ce que disait ce skreeleen : il annonçait l'arrivée d'un important troupeau de caribous en provenance du nord-ouest. Ils voyageaient à l'allure du « pas clic-clac » – un rythme lent mais régulier, qui permettait de parcourir de longues distances. Le skreeleen précisa qu'il y avait plusieurs veaux, au moins trois jeunes mâles et une jeune femelle, ainsi qu'une demi-douzaine de caribous âgés.

Les premiers caribous ne tardèrent pas à entrer dans le champ de vision de Faolan. Il repéra quatre loups qui couraient mollement autour du troupeau. Contre toute attente, les caribous ne paniquèrent pas en leur présence. Peut-être les loups faisaient-ils semblant de ne pas s'intéresser à eux ? Depuis le sommet d'un escarpement, tapi dans l'ombre, Faolan observa toute la scène. Il remarqua les signaux subtils échangés par les quatre loups – un petit glapissement, une oreille qui tressaillait, un hochement de tête. Bientôt, deux des loups s'écartèrent du groupe et retournèrent auprès du reste de la meute. Les caribous accélérèrent. Quatre louves accentuèrent leur pression sur le troupeau, lardant de coups de dents les flancs des individus les plus exposés. Faolan, émerveillé, croyait voir la fresque de la grotte des Origines s'animer.

Le troupeau se divisa. Les louves de devant prirent deux vieux mâles en chasse. Huit femelles se mirent à harceler un mâle. Elles faisaient tour à tour des accélérations subites et des courses d'allure moyenne afin de conserver leur énergie, tout en poussant le caribou jusqu'au bout de ses forces.

Le spectacle de la meute qui travaillait en harmonie était d'une beauté incomparable. Faolan était bouleversé. Les loups avaient un mot pour cet instant : *hwlyn*, « l'esprit de la meute ». L'esprit de la meute avait conquis Faolan.

Il surveilla les loups pendant plusieurs jours. La plupart du temps, il restait prudemment caché en haut de son sommet, sous le vent de la meute.

Le mont Bossu s'étendait sur une grande distance, au-dessus d'une vallée où semblaient se croiser de nombreux clans. Faolan avait l'impression que les règles territoriales normales ne s'appliquaient pas ici. Il ne sentait pratiquement aucun marquage olfactif, ce qui voulait dire sans doute que le terrain de chasse était ouvert à tous.

Quand, pour la première fois, il crut repérer un croc-pointu, il décida de quitter ses hauteurs pour épier le comportement du groupe de plus près.

La meute venait d'abattre un élan. Un couple de loups s'approcha de la carcasse d'un air grave et à pas lents. Le mâle et la femelle s'accroupirent et se mirent à déchirer la peau du ventre et des flancs de l'animal. Quand ils eurent un peu calmé leur faim, le mâle leva la tête et fit signe à quatre autres membres de la meute de les rejoindre. Le croc-pointu, un petit loup jaune, resta à l'écart. Cela n'empêcha pas un de ses compagnons de meute de lui infliger un violent coup de tête et une morsure. Le pauvre hurla de douleur. La louve qui s'était servie la première courut jusqu'à lui. Les lèvres retroussées, elle émit un grondement bas et féroce. Le croc-pointu s'aplatit au sol et détourna le regard. Le blanc de ses yeux brillait, formant comme deux croissants de lune laiteux. Il glapissait et gémissait tristement.

Ils dévorèrent, encore et encore. Parfois le croc-pointu tentait de s'approcher un peu, toujours le ventre à ras de terre. S'il s'aventurait trop près, un loup cessait de se gaver et le chargeait en grondant.

« Finira-t-il par avoir le droit de manger un peu ? se demanda Faolan. Combien de temps cela va-t-il durer ? » Cette situation lui paraissait très injuste, car il avait vu ce petit loup courir malgré sa patte tordue, et bloquer la route du caribou.

Il trouvait cruel le sort du croc-pointu, pourtant la conduite des autres à son égard ne semblait pas dictée par la méchanceté. Ces loups n'avaient rien à voir avec les monstres des Confins. Il était évident qu'une raison suprême les poussait à agir ainsi. Mais son sens demeurait mystérieux.

Finalement, quand ils eurent fini de manger, ils laissèrent le croc-pointu s'approcher. Il restait tout juste un maigre lambeau de viande sur le squelette de l'élan. Alors que le malheureux s'efforçait d'arracher un tendon sanguinolent, la compagne du chef trottina jusqu'à lui et lui donna un petit coup de tête, avant de vomir un tas de chair fumante. Il se mit à ramper, glapir et gémir de gratitude. C'en était révoltant.

Faolan assista à de nombreuses scènes similaires au cours des jours qui suivirent. Cependant, toutes les meutes n'avaient pas forcément leur croc-pointu – ce qui n'était pas un mal, selon lui. Comment réconcilier ce qu'il voyait avec ce que lui avait dit Gwynneth sur les crocs-pointus respectés de la Ronde sacrée ? Les crocs-pointus qu'il observait semblaient complètement méprisés par les autres loups.

Faolan se posait sans cesse les mêmes questions : « À quoi ressemblera mon existence si je les rejoins ? Vivre seul ou couvert de honte, n'y a-t-il donc pas d'autre choix ? » Il n'avait pas envie de faire partie d'une meute si c'était pour être maltraité. D'un autre côté, il admirait le byrrgis et l'unité qui régnait au sein de la meute. Faolan ressentait au fond de lui un appel à les rejoindre. Pourtant, dès qu'il s'apprêtait à dévaler la pente raide de la montagne afin de se présenter à une meute qui passait, quelque chose finissait toujours par le retenir.

Il eut amplement le temps d'étudier les meutes qui composaient les différentes familles. Elles se ressemblaient toutes plus ou moins. S'il n'avait pas vraiment de préférence, il était en revanche certain de vouloir éviter un clan, celui dont les membres paraissaient imiter les loups des Confins : les MacHeath. Les chefs de meute de ce clan ne se contentaient pas de maltraiter les crocs-pointus, ils se battaient aussi souvent entre eux. Les MacHeath se montraient également cruels envers les femelles.

Il existait un autre clan composé essentiellement de femelles, et mené par une louve âgée au pelage fauve. C'était la seule chef femelle que Faolan ait remarquée jusqu'alors. Il apprit son nom grâce aux hurlements des skreeleens : Namara.

Le territoire sur lequel il se trouvait était cependant dominé par le clan MacAngus. C'était ce clan qui donnait vie et mouvement aux fresques de la grotte des Origines pour Faolan.

Il s'habitua à hanter la pénombre, à l'abri des regards. Les ombres longues du soir et du matin se révélaient utiles à ses séances d'observation. Au cours de cette période, il eut le sentiment de vivre à la croisée de deux mondes. Dans l'un des mondes, il rêvait qu'il appartenait à la meute peinte sur les murs de la grotte et qu'il se joignait au byrrgis. Dans l'autre monde, il était un jeune croc-pointu qui attendait patiemment son tour pour manger, à l'écart du groupe.

L'automne arriva avec son cortège d'orages. Il tombait des averses torrentielles. La nuit, quand la foudre et le tonnerre faisaient trembler la montagne, les loups se rassemblaient dans des grottes et une louve skreeleen « déchiffrait le feu du ciel ». C'était dans ces moments-là que Faolan se hasardait à descendre dans la vallée.

Un soir de tempête, il entendit la skreeleen de la foudre raconter l'histoire d'un chef qui avait vécu à l'époque de la Marche du Grand Froid. Devenu vieux, édenté, sourd et presque aveugle, suivant la tradition, il s'était isolé dans un endroit retiré pour accomplir le rituel de « l'adieu au clan ». Les étapes de ce rituel permettaient de se séparer de son clan, de sa meute, et pour finir, de son propre corps. Au moment de quitter sa fourrure, il avait éprouvé la sensation merveilleuse de devenir aussi léger qu'une douce brume. Il avait regardé avec détachement son pelage vide qui scintillait au clair de lune ; ses os, silencieux et froids. Il ne ressentait pas le moindre regret. Ensuite, il s'était élancé avec une énergie de louveteau en direction de l'échelle d'étoiles qui montait vers le sentier des esprits.

Il avait atteint la moitié de l'échelle quand les cieux se mirent à gronder. Un craquement sonore retentit. Une ligne blanche et brûlante coupa le ciel en deux. L'échelle d'étoiles trembla et le vieux chef se sentit tomber… tomber… Il agitait ses pattes dans les airs en essayant de se raccrocher aux barreaux, mais ceux-ci avaient disparu. Il n'y avait plus d'étoiles, seulement les ténèbres marquées au fer rouge par les éclairs. Le bruit était assourdissant, la lumière trop vive. « Mais je vois tout cela ? pensa-t-il. Je suis déjà sourd et quasiment aveugle ! »

Lorsqu'il baissa les yeux, il vit ses pattes, bien solides et fermement plantées dans la boue. Il en souleva une et contempla son empreinte avec émerveillement. « J'ai rajeuni. Et je suis ici sur terre. Je ne suis pas dans la grotte des âmes. Mon heure n'est pas venue. »

En réponse à la skreeleen, un chœur de hurlements s'éleva de la grotte où les loups s'étaient rassemblés.

« Et c'est pourquoi, cria la meute, nos chefs portent aujourd'hui des peaux et des colliers d'os en l'honneur du grand Fengo qui nous a délivrés de la Marche du Grand Froid. Pour avoir sauvé son clan, Fengo a ressuscité. »

*À travers les coups de tonnerre*
*résonne notre histoire.*
*Seuil entre deux terres,*
*la vie et la mort.*
*Oublie les étoiles,*
*la grotte des âmes,*
*Reviens ici-bas.*
*L'œuvre n'est pas achevée,*
*suis l'appel de Fengo*
*vers l'horizon embrasé.*

Le chant éveilla un sentiment profond et mystérieux chez Faolan. Au-delà du sens des paroles, il lui semblait que quelque chose lui échappait. Quand il se tourna pour repartir, il distingua dans les rafales l'écho de faibles murmures. Ils venaient de la grotte. La meute avait peur.

— … dangereux… Un ennemi arrive… Un étranger. Attention.

« Qu'ont-ils à craindre ? s'interrogea Faolan. Ils sont nombreux et forts, en sécurité dans leur grotte, repus de viande fraîche. » Mais il n'attendit pas de connaître la réponse pour se réfugier en haut de la pente rocailleuse.

# CHAPITRE VINGT-CINQ

# LE FEU DU CIEL

La pluie avait cessé depuis plusieurs heures quand, à la fin d'un long voyage, Angus Mac-Angus atteignit la grotte où la meute avait passé la nuit de la tempête. Il venait en réponse au chant de la skreeleen. On pouvait interpréter de plusieurs manières la « danse de feu du ciel », ainsi que les loups surnommaient la foudre. Mais, en général, quand la skreeleen disait l'histoire du loup qui était revenu sur terre, c'était un mauvais signe.

Le chef des MacAngus ne portait ni son habit de cérémonie ni son collier d'os. Il ne voulait pas alarmer la meute inutilement en leur laissant croire que tout le monde serait bientôt convoqué dans la grotte des cérémonies où les questions les plus graves étaient débattues.

La skreeleen sortit pour l'accueillir. C'était une belle louve, à la livrée argentée avec des reflets plus sombres près des racines. Elle tomba à plat ventre et frotta son visage dans la terre, les oreilles couchées et ses lèvres noires retroussées en signe de soumission.

— Pas de feu, Aislinn ?

— Non, la danse n'a pas jeté la moindre étincelle au sol.

Les conversations entre le chef du clan et la skreeleen qui interprétait la danse de feu du ciel obéissaient à certaines règles. Même si le chef occupait évidemment un rang supérieur, il n'avait pas le droit de douter des messages contenus dans ses hurlements. Il pouvait seulement réclamer des signes concrets ou des preuves de ses interprétations. Même si l'histoire du loup qui tombait des étoiles avait une dimension héroïque, elle évoquait clairement la mort. Il suffirait d'un autre signe de mort – un incendie allumé par la foudre, par exemple, ou simplement un rocher brûlé –, pour convaincre le clan qu'une catastrophe se préparait. Sous les yeux attentifs de la meute, le chef huma l'air, essayant de relever toute odeur suspecte. Lorsque le vent tourna subitement, Angus MacAngus plissa le front et renifla.

— Il y a des ours par ici ? s'enquit-il.

— Non, répondit un mâle. Ils ne s'éloignent jamais autant du fleuve.

— Je ne comprends pas. Je sens pourtant un ours, ainsi qu'un loup. Pas un des nôtres, cependant. Leurs deux odeurs sont étroitement mêlées.

— Comme s'ils voyageaient ensemble ? demanda la skreeleen. Marchant côte à côte ?

Angus MacAngus se figea soudain. Les poils de son collier se dressèrent et il tendit les oreilles. Il venait de découvrir une étrange empreinte de patte. Les doigts étaient anormalement écartés, et orientés vers l'extérieur. C'était la marque d'un loup atteint de la maladie de la gueule écumante, une maladie dont on ne guérissait jamais. La folie précédait la mort et si le malade rencontrait une autre créature et la mordait, cet animal devenait fou et contagieux à son tour. C'était donc le signe du malheur prédit par la danse de feu du ciel...

L'odeur d'ours s'expliquait maintenant. C'était sans doute un grizzly malade qui avait attaqué et contaminé le loup. Sans doute l'ours était-il mort à présent, mais les empreintes du loup étaient fraîches. Il fallait faire quelque chose.

Angus MacAngus commença à hurler dans la lumière du matin. L'ombre pâle de la lune voguait encore au-dessus de leurs têtes. La lune se décomposait ! Encore un mauvais signe, comme s'ils avaient besoin de ça !

Angus devait alerter les autres clans. D'abord il convoquerait toutes ses meutes dans le *gadderheal*, la grotte de cérémonie, de même que celles du clan voisin, les MacDuncan. Elles se chargeraient ensemble de transmettre le message aux MacDuncan, aux MacDuff, et même aux détestables MacHeath. Car cette maladie pouvait se propager plus vite qu'un hurlement. Il était peut-être même déjà trop tard. Qui savait si la meute survivrait ? Et le clan ? En fait, tous les loups du Par-Delà pouvaient être anéantis par une seule épidémie.

Alors l'appel fut lancé. Les chefs des clans voisins furent convoqués dans le gadderheal des MacAngus. Ils composaient un tableau sinistre. Dans la faible lumière de la lune, on aurait dit des spectres. Ornés de coiffes et de colliers d'os rongés, les épaules enveloppées dans des peaux d'animaux tués à la chasse, ils avaient revêtu tous leurs atours de cérémonie. Un brouillard rasant dissimulait leurs pattes de sorte qu'ils semblaient flotter. Leurs moindres gestes s'accompagnaient du cliquètement des os sculptés.

Sitôt entrés dans la grotte, ils rendirent hommage à Angus MacAngus. Ils s'abaissèrent jusqu'à ce que leur ventre touche le sol, comme la tradition l'exigeait des chefs reçus dans le gadderheal d'un autre clan. Duncan MacDuncan, le plus vieux d'entre tous, s'inclina douloureusement sur ses vieilles pattes raides. Angus l'invita à se relever, avant de s'adresser à tout le groupe en ces termes :

— Je vous ai fait venir parce que la nuit dernière, notre skreeleen a hurlé le chant du premier Fengo.

La tension se fit sentir dans la grotte.

Angus MacAngus souffla bruyamment et poursuivit :

— Ce matin, j'ai découvert l'empreinte d'une patte tournée en dehors dans l'ombre d'une lune en décomposition.

Cette fois, plusieurs loups retinrent leur souffle avant de murmurer :

— … c'est terrible… terrible.

— … cela faisait si longtemps que la maladie de la gueule écumante n'était pas venue jusqu'à nous…

— Il est possible d'aller voir la Sark du Marécage, suggéra tranquillement Duffin MacDuff.

Un frisson parcourut l'assemblée lorsque le nom de l'étrange louve fut prononcé.

— En dernier recours, murmura Drummond MacNab.

— Quelqu'un a-t-il une autre solution ? demanda Angus MacAngus.

174

— L'échelle d'étoiles brisée... la lune en décomposition... l'empreinte..., marmonna Duncan de sa voix parcheminée. Que pouvons-nous face à la fatalité ? Nous n'avons guère le choix.

# CHAPITRE VINGT-SIX

# LA SARK DU MARÉCAGE

Les loups du Par-Delà croyaient que la hiérarchie sur Terre correspondait à un ordre supérieur dans le ciel. Ignorer celui-ci, le mépriser ou le remettre en cause pouvait jeter leur monde dans le chaos. Les loups des Confins avaient choisi de braver cet ordre du ciel. Et ils avaient sombré dans l'agitation et les conflits. Même leurs hurlements reflétaient le manque d'harmonie de leurs vies. Lupus, l'esprit céleste qui scintillait à travers la constellation du Grand Loup, avait un projet de vie pour chaque loup et il fallait le suivre.

Les colliers d'os rongés que portaient les chefs ne symbolisaient pas seulement leur fonction. Ils évoquaient aussi la Grande Chaîne qui reliait les loups aux cieux et reflétait l'ordre de toutes choses – le sol, l'eau, la pierre, l'air et le feu. Les loups divisaient les êtres vivants en deux catégories : eux-mêmes et les autres animaux. Mais il existait des subdivisions plus subtiles. L'ordre de la Grande Chaîne était rapporté dans le gwalyd des premiers os sculptés, en commençant par le rang le plus élevé :

Lupus
Loups célestes (les esprits des loups morts ayant voyagé jusqu'à la grotte des âmes)
Air
*Ceilidh fyre* (la foudre)
Chefs de clan
Lords (ou chefs de meute)
Skreeleens
Meneurs de byrrgis
Capitaines
Lieutenants
Sous-lieutenants
Sergents
Simples chasseurs
Crocs-pointus
Obeas
Chouettes
Autres animaux à quatre pattes
Autres oiseaux
Plantes
Feu – Terre
Eau
Pierre
Sol

Cette hiérarchie apparaissait sur des os rongés depuis des temps immémoriaux. C'était même le premier exercice qu'on donnait aux jeunes crocs-pointus à leur retour dans la meute. Ils passaient de longues heures à s'entraîner en gravant la Grande Chaîne de l'ordre du monde.

Mais, à l'écart des loups des Confins et des meutes du Par-Delà, vivait une créature qui semblait échapper à cette autorité suprême. La Sark du Marécage, une louve qui n'éprouvait pas le respect craintif des autres loups pour les éléments qui se situaient au-dessus d'elle dans la Grande Chaîne. Par exemple, elle avait domestiqué le feu d'une manière qu'on pouvait juger contraire aux desseins de Lupus. On l'appelait sorcière, ou *sark*, car on la croyait dotée de pouvoirs spéciaux. Elle habitait une zone de marécages, d'où son surnom. Dans une caverne, elle faisait des expériences à partir des « matériaux fournis par la nature », comme elle disait.

Aux yeux des loups du Par-Delà, ce comportement était une véritable insulte à Lupus. Le feu n'appartenait pas au monde de la nature. Il descendait d'en haut. Et si les chouettes étaient si familières avec cet élément, c'est qu'elles étaient elles-mêmes des créatures du ciel.

La Sark du Marécage, après avoir appris des chouettes tout ce qu'elles savaient à propos des charbons et des flammes, s'était isolée pour vivre en solitaire. Personne ne savait exactement d'où elle venait, ni quels étaient ses liens de clans. Certains prétendaient qu'elle était née si laide qu'aucun mâle n'avait voulu s'accoupler avec elle. Ayant refusé de devenir Obea, elle serait partie exercer sa sorcellerie ailleurs et mettre son museau dans des affaires qui ne concernaient pas les louves. D'autres racontaient qu'elle était au contraire si belle dans sa jeunesse que sa propre mère, une sark elle aussi, dans un accès de jalousie, lui aurait jeté un sort pour la défigurer.

En effet, son visage n'avait rien d'attirant. Elle louchait et son pelage entier semblait constamment hérissé par la peur. De plus, ses deux yeux n'étaient pas de la même couleur. L'un était vert émeraude, la couleur normale des prunelles des loups du Par-Delà, et l'autre – celui qui roulait en permanence –, ambré, comme celui d'une chouette.

Bref, c'était une créature assez monstrueuse. Bien entendu, si elle avait eu ces défauts à la naissance, elle aurait été déclarée malcadh et abandonnée. En toute logique, elle aurait donc dû devenir une croc-pointu. Mais, puisqu'elle n'était rien de tout cela, on décréta qu'il s'agissait d'une sark, une sorcière.

La Sark marmonnait souvent tout bas dans sa grotte, pendant qu'elle travaillait sur ses expériences. Elle jugeait l'attitude des autres loups envers elle d'une « très grande bêtise » car, à ses yeux, elle ne possédait aucun pouvoir. Elle avait juste des *idées*. Elle ne faisait pas profession de jeter des sorts. Elle n'avait pas la moindre mauvaise pensée. Au contraire, son tempérament était plutôt doux et son plus grand regret dans la vie était sans doute, non pas de ne pas avoir vécu avec un compagnon, mais de ne pas avoir pu accomplir le lochinvyrr aussi bien qu'elle l'aurait souhaité à cause de son œil qui louchait. Comment regarder une proie mourante dans les yeux avec une orbite qui passait son temps à sauter dans tous les sens ?

Il était inconcevable pour les autres loups que la Sark puisse éprouver ce genre d'émotions. Cependant, ils avaient besoin d'elle et de ses connaissances.

Elle était en train de remuer des braises à l'entrée de sa caverne. Elle préparait un mélange de jusquiame et de menthe pour soigner la diarrhée d'une louve solitaire. La louve venait d'être chassée de son clan, pour avoir donné naissance à un malcadh quelques jours plus tôt. Il arrivait souvent que les femelles tombent malades après avoir perdu leurs petits.

Elle se reposait à présent dans une des cavités, au fond de la grotte. La Sark était le dernier refuge de certaines mères au désespoir.

Elle chassait pour elles et leur donnait des for-tifiants. Cette louve arriverait à engendrer à nouveau un jour des portées de louveteaux en bonne santé. Mais pour le moment, il était trop tôt pour aborder le sujet. Dans l'état dans lequel elle était, lui parler de sa prochaine meute ou d'un beau mâle tout juste veuf ne lui apporterait aucun réconfort.

La Sark perçut une nouvelle odeur à travers les arômes de jusquiame et de menthe. Elle s'ar-rêta de brasser. En sortant de la caverne, elle vit les chefs de clan s'approcher. « Oh, au nom de Lupus, que me veulent encore ces vieux gre-dins ? » se dit-elle.

# CHAPITRE VINGT-SEPT

## LE GUET-APENS

— Vous dites que l'empreinte était clairement visible ?

— En effet, acquiescèrent en chœur les quatre chefs.

La Sark secoua la tête d'un air mélancolique. Il n'existait ni potion, ni médicament, ni onguent pour soigner la maladie de la gueule écumante. La seule façon de l'arrêter était d'allumer un grand feu et d'y jeter l'animal malade.

— Je vous aiderai, bien sûr.

Elle prit son seau à charbons, troqué contre de la viande de nombreuses années plus tôt, et se joignit aux chefs et aux officiers venus la chercher. Ensemble, ils quittèrent le marécage en direction des hautes plaines où la dernière empreinte de patte avait été aperçue. Ils suivirent la piste du loup malade pendant l'essentiel de l'après-midi. Plus le temps passait, plus la Sark était mal à l'aise. Ces empreintes ne lui paraissaient pas aussi nettes qu'elle l'aurait voulu. À en juger par l'ensemble des traces laissées par l'animal, il lui semblait qu'une seule de ses quatre pattes était vraiment tournée en dehors. Comment une patte pouvait-elle être affectée par la maladie et pas les trois autres ?

Ils progressaient lentement, freinés par la raideur de Duncan MacDuncan. Une femelle sergent courait en pointe. Elle était encadrée par deux rabatteuses, tout aussi rapides, qui couvraient une grande étendue de terrain. Deux mâles progressaient à l'arrière du groupe. Ils cherchaient des preuves indiquant que le loup malade effaçait ses traces. La Sark trouvait cela d'une stupidité sans nom : comment un loup à moitié fou pourrait-il avoir le bon sens de revenir sur ses pas ?

À moins qu'il ne soit ni malade ni fou, bien sûr – ce que la Sark pensait de plus en plus. La piste du loup était parfaitement droite, ce qui ne correspondait pas du tout à la course titubante d'un loup enragé.

Les rabatteuses apportèrent bientôt de nouvelles précisions : le loup se dirigeait à l'ouest, vers les lagons, de petits lacs turquoise peu profonds à la surface figée par le sel.

— Tant mieux ! s'exclama Angus MacAngus. Je connais un endroit idéal pour mettre au point notre plan par là-bas. Nous vous enverrons une équipe pour vous aider à creuser le piège enflammé. Laird, Mac et Brienne : je vous charge de rassembler les combustibles.

Puis il s'adressa aux autres chefs.

— Me ferez-vous l'honneur de nommer chacun trois loups dans votre clan pour aider le sergent Laird dans ses opérations de ravitaillement ?

Sark observait la scène du coin de l'œil, impressionnée par la précision des ordres et le remarquable sens de l'organisation de ces loups. Elle devait admettre que leur intelligence tactique et opérationnelle semblait très bien s'accommoder du désordre de leurs esprits. Quels animaux étonnants !

Toutefois, elle sentit qu'il était temps de soulever une question raisonnable. Pour obtenir la parole, elle plia les genoux sous la poitrine et se coucha, retroussant ses babines afin d'assurer le chef de son humilité. Ensuite elle baissa la tête, frotta ses mâchoires dans la terre, et se cassa le cou pour montrer le blanc de son bon œil.

— Votre question, Sark ?

— Puis-je demander humblement aux louves traqueuses une description précise des empreintes de doigts ?

Le chef hocha la tête et fit signe à Finola d'avancer. La louve s'approcha prudemment, si effrayée par la présence de la Sark qu'elle en tremblait.

— Les empreintes sont classiques pour une créature atteinte de la maladie de la gueule écumante. Elles s'enfoncent profondément dans le sol, et sont distantes de deux… ou peut-être trois fois la largeur normale.

— Toutes les empreintes, vous en êtes certaine ?

La Sark avait de la peine à parler avec la moitié de son visage enfoui dans la terre, mais le chef ne lui avait pas donné la permission de se redresser. Il voulait probablement éviter que Finola ne croise son œil torve. La pauvre était déjà assez nerveuse, et il n'y avait rien de tel qu'un œil doré roulant dans son orbite comme un jaune d'œuf pourri pour retourner un estomac.

— Je ne suis pas sûre de comprendre ce que vous voulez savoir.

La Sark précisa sa question.

— Toutes les empreintes que vous avez vues correspondent-elles à cette description ? Nous savons que ce loup suit la route de l'ouest, donc ses doigts devraient soit pointer vers le sud, soit pointer vers le nord – vous êtes d'accord ? Avez-vous remarqué qu'ils pointaient tous dans une seule et même direction ?

Un long silence précéda la réponse de Finola. Elle réfléchissait.

— Eh bien, finit-elle par dire, maintenant que j'y repense, oui, les marques les plus distinctes semblaient orientées vers le sud.

— Aucune vers le nord ?

— Euh…, bredouilla Finola. Je… je crois que non.

La Sark insistait.

— Pourriez-vous en conclure que nous sommes face à une situation… disons… moins claire ? Est-il possible qu'une seule des quatre pattes porte les symptômes de la maladie de la gueule écumante ?

— Une patte, deux, trois ou quatre ! s'écria Duffin MacDuff, agacé. Quelle importance ? Cette maladie signifie notre perte ! Nous devons tuer ce loup !

— Oui ! Il a raison !

Les loups poussèrent un concert de cris et de hourras avec des trépignements.

La Sark sentit qu'elle défendait une cause perdue. Pourtant elle essaya encore.

— Selon toute logique, les preuves montrent autre chose. Je vous prie de reconsidérer…

Mais Duffin MacDuff l'interrompit d'un grognement menaçant.

— La discussion est close. Procédons à la construction du piège de feu immédiatement ! Les charbons sont-ils toujours chauds ? s'enquit Angus MacAngus.

— Oui, monsieur, répondit amèrement la Sark, les yeux plongés dans le seau d'où rayonnait une lueur rouge orangé.

— Alors levez-vous et rendez-vous dans le passage des lacs Salés.

# CHAPITRE VINGT-HUIT

## Décrocher le soleil

Faolan remontait en trottinant une pente douce. Il avait repéré un affleurement rocheux d'où on pouvait admirer deux lacs scintillants. Ils brillaient comme deux pierres précieuses sous le ciel clair. Le soleil, éclatant, glissait majestueusement vers l'horizon. Faolan contemplait ce spectacle quand il prit conscience qu'il était suivi. En réalité, une sensation déplaisante le poursuivait depuis le lever du soleil, mais il avait refusé d'y prêter attention jusque-là.

« Qui pourrait bien me traquer ? » s'interrogea-t-il tandis qu'il se dirigeait vers les lacs.

Inquiet, il finit par s'accroupir et il colla une oreille contre le sol. Le bruit le prit à la gorge, comme une paire de crocs acérés. Les loups. Et ce n'était pas seulement une meute qui courait à sa poursuite, mais plusieurs. Il ferma les paupières, complètement abasourdi. La fresque de la grotte des Origines lui revint brusquement en mémoire. Ces troupeaux de loups qu'il avait admirés, et avec lesquels il avait tant rêvé de voyager, le pourchassaient. « Non ! C'est impossible ! »

La vérité tomba dans son esprit et se répercuta dans tout son être. « Je suis leur proie ! »

Le son se rapprochait. Il n'eut le temps ni de laisser éclater sa colère, ni de nourrir des regrets. Il devait rester maître de lui s'il voulait conserver la moindre chance de leur échapper. Pouvait-il les entraîner sur une fausse piste quelque part ? Mais où ? Le paysage était désert et sans relief, hormis quelques collines basses qui se dressaient face à lui. Alors qu'il cherchait désespérément une solution, il les vit déboucher dans la plaine derrière lui.

« Un loup seul contre tout un byrrgis ! Je suis perdu ! » Il entendait le martèlement de leurs pas. Leur cadence était régulière. Ils économisaient leur énergie, attendant d'avoir réduit l'écart pour attaquer.

Un espoir fou naquit dans le cœur de Faolan. Son poitrail était large et puissant, plus puissant que celui de n'importe quel mâle de la meute. Cœur-de-Tonnerre l'avait entraîné à sauter, à marcher sur deux pattes et lui avait fait ingurgiter les nourritures les plus riches. « Je vais les laisser me rattraper sur le plat, se dit-il, je ferai semblant d'être épuisé, puis j'accélérerai dans les collines. »

Mais tandis qu'il fuyait loin devant ses poursuivants, le chagrin l'envahit. Les loups du Par-Delà essayaient de le tuer. Gwynneth s'était donc trompée.

Il ralentit peu à peu. Les souffles haletants de la meute lui parvenaient à présent. Quatre ombres s'étirèrent de part et d'autre de la sienne. La première colline grossissait dans son champ de vision. En atteignant le bas de la montée, il bondit en avant et fila vers la cime à toute allure. Les silhouettes noires des rabatteuses disparurent. Le son de leurs pas baissa. Mais une grande plaine s'étendait derrière l'autre versant ; elles pourraient de nouveau gagner du terrain. Combien de temps pourrait-il jouer à ce jeu avec elles ? Était-il capable de les épuiser ?

Au moment où il s'élança dans la plaine, les louves étaient déjà sur ses talons. Elles tentaient de le rabattre vers une lumière plus vive que le soleil. Faolan comprit soudain, mais trop tard, qu'un piège l'attendait. Un mur de flammes s'élevait au fond du passage qui séparait les deux lacs. Ses ennemis utilisaient exactement la même stratégie que celle qu'il avait employée avec Cœur-de-Tonnerre pour acculer le caribou.

Il commençait à sentir la chaleur du feu sur son visage. Une chaleur intense. Puis des craquements et des sifflements se mêlèrent à la respiration rauque de la meute. Des langues brûlantes et voraces léchaient l'air. « Je n'ai pas le choix, se dit-il, je vais mourir. »

Et puis, dans un dernier sursaut d'orgueil et de rage, il ouvrit grand les mâchoires. Sa poitrine se gonfla d'air, comme s'il avalait le ciel tout entier. « Après tout, j'ai sauté dans un arbre, j'ai tué un corbeau en plein vol, j'ai abattu un couguar réfugié sur une haute branche ! Maintenant je vais décrocher le soleil ! »

Au-dessus de sa tête, les ailes sombres d'une chouette se découpaient sur le bleu du ciel. Paniquée, Gwynneth s'éleva sur les courants d'air chaud qui montaient du feu. Elle venait enfin de comprendre ce qui se passait. C'était la fumée qui l'avait attirée au départ. Les incendies étaient rares dans la région des lacs Salés. « C'est Faolan ! Ils croient qu'il a la maladie… »

Elle descendit en une spirale vertigineuse vers les loups.

— Stop ! Stop ! hurlait-elle.

Mais les rugissements du feu étouffaient ses cris. Soudain, ses ailes se figèrent. De même, les loups interrompirent brusquement leur course.

Un éclair argenté venait de traverser le bra-
sier en effleurant le sommet des plus hautes
flammes.

Heureusement, Gwynneth retrouva ses esprits
avant de s'écraser au sol. Les loups hurlaient.

— Bande d'imbéciles ! Espèces de crétins !
tempêtait la Sark du Marécage, que la vue de
tous ces chefs immobiles et mâchoires décro-
chées rendait furieuse.

La scène à laquelle ils venaient d'assister était
terrifiante de beauté et de grâce. Ce loup avait-il
des ailes ? Comment avait-il pu voler si haut ?

— Allez-y ! Continuez de hurler, tous autant
que vous êtes ! Il n'a pas plus la maladie de la
gueule écumante qu'aucun d'entre vous ! Vous
aviez suffisamment de preuves. Une seule patte
en dehors ! Pas deux, pas trois, pas quatre, pas...
pas dix-huit ! aboyait la femelle.

Duncan MacDuncan s'avança en boitillant.

— Incline-toi, incline-toi, Sark ! grogna un
capitaine du clan MacDuncan. Montre du respect.

— Non, c'est inutile ! fit Duncan. Que personne n'esquisse les gestes de soumission, dit
le chef d'un ton las. C'est ma faute. Je suis trop
vieux pour rester chef.

— Oh, non ! Non ! protestèrent plusieurs loups.

— Si ! gronda-t-il. Quand votre mémoire s'effiloche et que vous oubliez qu'un jour un mal-cadh est né avec une patte tournée en dehors, c'est que vous êtes devenu trop vieux pour être chef.

Le silence se fit dans l'assemblée. MacDuncan regarda autour de lui. Ses yeux se posèrent sur un croc-pointu, un jeune loup de un an aux hanches tordues, et à qui il manquait la queue.

— Heep, as-tu apporté ton os ?

— Bien entendu, honorable chef.

Heep se mit à genoux et frotta son museau dans la terre.

— Lève-toi, lâcha Duncan MacDuncan. Redresse-toi et commence à ronger. Qu'il soit gravé dans l'os, continua-t-il d'une voix trem-blante, que lors de la lune des fleurs de givre, alors que la glace emprisonnait encore le fleuve, Morag et Kinnaird ont donné naissance à un louveteau avec une patte tournée en dehors. Le petit a été emporté par l'Obea Shibaan pour être abandonné. Mais il a survécu et maintenant, il a gagné sa place dans le clan MacDuncan en tant que croc-pointu.

Heep roula des yeux avec nervosité, comme s'il cherchait quelque chose, avant de se pencher de nouveau sur l'os. Duncan MacDuncan se tourna vers la Sark.

— Où est passé ce loup ?

— Il se trouve de l'autre côté du mur de feu, en compagnie de Gwynneth, répondit-elle.

— Gwynneth, la femelle forgeron ?

La Sark hocha la tête.

— Il a survécu au feu ? demanda le chef.

— Il a sauté par-dessus ! s'exclama la louve. Vous l'avez tous vu !

Elle tentait de parler d'une voix posée, mais elle bouillait de rage.

— Il a défié l'ordre cosmique, murmura un loup du clan MacDuff.

Heep releva subitement la tête, une étincelle dans le regard. Puis il se mit à ciseler un dessin représentant la Grande Chaîne, juste au-dessus d'une profonde fissure de l'os, de telle manière qu'elle paraisse brisée.

— Pouvez-vous aller le chercher et nous l'amener ? demanda MacDuncan.

La Sark obéit.

Elle ne tarda pas à revenir avec Faolan. Ce dernier semblait beaucoup plus frais que les rabatteuses qui l'avaient pourchassé. Il se tenait bien droit. Une douce brise soufflait dans son pelage argenté qui semblait presque miroiter. Il sentit la méfiance des autres loups à mesure qu'il s'approchait. Mais, les yeux rivés sur l'horizon, il ne leur accorda pas un regard – pas même aux chefs vers qui on le conduisait.

Duncan MacDùncan s'avança. L'air se mit à vibrer de l'indignation de la meute : ce loup difforme avait le culot de ne pas s'incliner devant le chef ! Mais Duncan ne s'en offensa pas.

— Heep, approche et lis-nous ce que tu as gravé.

Heep arriva en trottant avec l'os dans la gueule. Il le lâcha devant ses pattes et entama le rituel de soumission. Il fut bientôt couché à plat ventre, comme s'il avait été écrasé par un rocher.

— Honorable chef, grand seigneur du clan MacDuncan, je t'offre ce que j'ai gravé avec respect et humilité.

— Quelle bande de flatteurs, chuchota la Sark à Gwynneth.

— Viens-en au fait ! tonna Duncan Mac-Duncan.

Alors Heep se mit à lire, en omettant soigneusement les derniers symboles, ceux qui concernaient la Grande Chaîne. Il craignait que cela ne plaise pas à Duncan MacDuncan.

— À présent, montre ton travail à ce loup, Heep.

— C'est que… je n'ai pas tout à fait fini, monsieur…

— Peu importe. Je veux qu'il se fasse une idée de ce que sera sa tâche désormais.

Faolan marcha d'un pas un peu raide, ses babines légèrement retroussées dans un grondement silencieux. Il tentait de démêler dans sa tête le sens des récents événements. Ces loups avaient voulu le tuer et maintenant, ils l'observaient avec un étrange mélange de méfiance et d'admiration. Il n'était pas très sûr de ce qu'on attendait de lui. Gwynneth lui avait brièvement expliqué l'erreur dont il avait été victime. Mais personne ne s'excusait de l'avoir pris pour un loup atteint de la maladie de la gueule écumante. Personne n'exprimait le moindre regret. Heep lâcha l'os entre Faolan et le chef.

Faolan l'examina avec attention. Il ne fut pas très impressionné. Les lignes étaient maladroites, le récit désorganisé. Sans avoir jamais vécu avec un clan, Faolan était capable de sculpter des dessins beaucoup plus délicats. Il repensa à l'os de Cœur-de-Tonnerre sur lequel il avait retracé toute leur histoire. Il y avait gravé les moments merveilleux passés près du fleuve l'été puis décrit leur vie dans la tanière d'hiver. Il avait enterré cet os en bas de la pente avant de monter admirer les lacs Salés et il n'avait pas eu le temps de retourner le chercher. Mais tant mieux. Que cela reste son secret. Que ce Heep ne le voie jamais.

Tous ces loups ne lui inspiraient pas confiance.

— Cela prend longtemps, très longtemps de devenir un bon sculpteur, reprit Duncan. Ronger est un art. Tu es dorénavant un croc-pointu, et un membre du clan MacDuncan. Si tu te débrouilles bien, tu pourras peut-être un jour rejoindre la Ronde sacrée des volcans. Nous te dirons bientôt quelle meute tu es destiné à intégrer et nous te choisirons un nom.

La solitude qui l'avait accompagné pendant si longtemps diminua un peu à l'intérieur de lui. « Alors, ça y est, pensa-t-il, je vais rejoindre une meute. Je vais devenir un loup du Par-Delà. » Pourtant il se sentait plus étranger que jamais parmi ces loups.

Il balaya du regard les chasseurs, les chefs, les rabatteuses et tous les membres du byrrgis qui avait failli l'abattre. Y en avait-il un seul qui lui ressemblait ? Qui aurait pu être sa mère, son père, une sœur ou un frère ? D'après Gwynneth, ses parents avaient dû partir loin de leur ancienne meute. Mais pas jusqu'aux Confins, tout de même. En dépit de la méfiance qu'il ressentait, Faolan savait qu'il était entouré de créatures nobles. Ces loups n'étaient pas des barbares.

— Viendras-tu ?

C'était une question, et non un ordre. Duncan MacDuncan attendit sa réponse.

Faolan accepta d'un hochement de tête.

— Tu as tout compris ?

Il acquiesça de nouveau.

— As-tu des questions ?

Le jeune loup hésita…

— Pas une question, monsieur, mais…

— Mais quoi ? Une requête, peut-être ?

— Oui, une requête. Une réclamation.

Une vague de murmures s'éleva.

— Comment ose-t-il ?… Un croc-pointu n'a pas à faire de réclamations !… On va lui apprendre !

— Je t'écoute, l'encouragea Duncan Mac-Duncan.

— Monsieur, je voudrais que l'os rongé indique que j'ai déjà un nom.

— Un nom ? répéta Duncan MacDuncan en clignant des yeux. Où as-tu trouvé un nom ?

La façon dont la question était formulée troubla Faolan. On aurait dit que dans l'esprit du chef, son nom lui était tombé dessus par accident. Mais Cœur-de-Tonnerre l'avait choisi pour lui.

— C'est ma mère de lait, l'ourse Cœur-de-Tonnerre, qui me l'a donné.

— Ta mère de lait était une *ourse* ? s'exclama MacDuncan en vacillant légèrement.

— Oui. Je suis Faolan. C'est le nom que ma mère grizzly m'a donné. Faolan veut dire « don du fleuve ».

Il tourna les yeux vers le croc-pointu, Heep, puis il fixa tous les loups rassemblés dans la lumière vert émeraude de son regard.

— Appelez-moi Faolan.

Découvrez un extrait :

# Le Royaume des Loups

## Tome 2

### Dans l'ombre de la meute

# CHAPITRE UN

## LA LUNE DU CARIBOU

Aux premiers jours de l'automne, quand le croissant de lune rappelait la courbe délicate de leur ramure, les hordes de caribous migraient vers le sud. D'abord les mères avec leurs petits, puis les mâles. Les loups suivaient de près les débuts de cette migration. À la recherche de femelles âgées ou de jeunes trop chétifs : leur code de chasse leur interdisait de tuer des petits en bonne santé. La véritable traque ne commençait qu'avec l'arrivée des mâles.

Ce matin-là, tandis que le soleil apparaissait à l'horizon, un hurlement monta dans le ciel. Greer, la skreeleen de la meute du Fleuve, convoquait les autres MacDuncan. La piste d'un orignal mâle venait d'être découverte près du fleuve.

Les mâles pouvaient être imprévisibles et assez agiles, malgré leur corpulence impressionnante.

Il fallait être nombreux pour les abattre. C'était dangereux, surtout à cette époque de l'année, celle de l'accouplement chez les orignaux.

[...]

Faolan entendait le vacarme du *gaddergludder*, le ralliement qui précède la chasse au gros gibier. Un désir ardent brûlait en lui, il se mit à trépigner.

Il tenait enfin une chance de faire ses preuves. Il voulait chasser avec la meute.

[...]

Lord Bhreac, le chef de la meute, s'approcha de lui, accompagné de ses lieutenants. Vite, Faolan adopta la posture de soumission, obligatoire pour un croc-pointu face à des supérieurs. Avant que son ventre ait touché le sol, il reçut un coup sec dans le flanc. « Je n'ai pas été assez rapide », se dit-il.

C'était le lieutenant Flint qui l'avait frappé. Il s'apprêtait à saisir son museau entre ses dents – une des brimades les plus humiliantes et les plus douloureuses qu'on puisse infliger à un croc-pointu –, quand Bhreac intervint.

— Ne gaspille pas ton énergie, Flint, aboyat-il. Laisse-le tranquille. Tu dois garder tes forces pour la chasse.

« Et moi ? pensa Faolan. Bhreac ne me dit rien ? » Il se sentait invisible aux yeux du chef. Pour se consoler, il imagina le jour où, après l'avoir vu courir à la chasse, l'attitude des Mac-Duncan à son égard changerait.

Faolan les suivit docilement. Au bout de quelques pas, Bhreac se retourna, voulant s'assurer que le croc-pointu avançait bien la tête basse et la queue entre les pattes, comme il convenait à son rang.

— Rappelle-toi. Il y aura d'énormes os à ronger. Nous verrons si tu as retenu tes leçons.

« Ronger, d'accord, mais chasser ? » s'interrogeait Faolan. Il en avait assez de mordiller des os dont les loups de rang supérieur avaient déjà pris toute la viande. Ils verraient enfin de quoi il était capable quand il rejoindrait le *byrrgis*, la formation de chasse des loups du Par-Delà.

On racontait que les femelles de la meute étaient les plus rapides. « Mais elles ne courent pas aussi vite que moi », pensa Faolan. Et qui d'autre savait marcher sur ses pattes arrière ? Cœur-de-Tonnerre lui avait appris à avancer debout. Il n'avait pas encore eu l'occasion de faire une démonstration. Il n'était pas sûr que ce serait utile dans un byrrgis, mais il était convaincu que, devant ses talents, les autres loups tomberaient à la renverse !

Tout le monde brutalisait les crocs-pointus. Comme ils incarnaient la menace du mauvais sang, on aurait dit que le clan cherchait à se nettoyer de cette souillure en les maltraitant. On exigeait aussi beaucoup d'eux. Ils devaient apprendre à se servir de leurs crocs pour graver sur les os, avec une adresse et une délicatesse qu'aucun loup ordinaire n'égalait. Ils consignaient ainsi les chroniques de la vie du clan.

Tandis qu'il trottinait derrière Lord Bhreac, Faolan aperçut une louve au ventre rond.

— Cette femelle est grosse, commenta Bhreac. C'est anormal pour la saison, n'est-ce pas, Flint ?

— En effet, elle est en retard. Et souvent les louves qui portent des petits aussi tard dans l'année les mettent au monde trop tôt. Espérons qu'elle ne fuie pas de peur qu'il ne soit maudit.

Faolan traîna un peu la patte, observant la louve. Sa nervosité se lisait dans son regard. Une autre femelle, suivie de ses deux louveteaux, bifurqua afin de l'éviter. Alors qu'un des petits avançait dans sa direction, sa mère lui flanqua un coup sec du revers de la patte et gronda :

— Ne t'approche pas d'elle !

Faolan eut pitié de la louve. À la façon dont elle penchait la tête, il comprit qu'elle avait entendu. Ce serait très étonnant qu'elle n'aille pas se cacher très loin, *by-lang*, avant de donner naissance à son petit. « Ils le considèrent déjà comme maudit, pensa Faolan. Un *malcadh*. Comme moi. Je suis né malcadh et je le resterai toujours ! » Sa mère louve était-elle allée by-lang ? Avait-elle tenté de le protéger contre les lois du clan ?

[...]

Découvrez dans la collection

# Le Royaume des Loups

Cet ouvrage a été composé par
PCA – 44400 REZÉ

*Imprimé en France par*
**CPI Brodard & Taupin**
en décembre 2020
N° d'impression : 3041579
S29389/05

92, avenue de France - 75013 PARIS